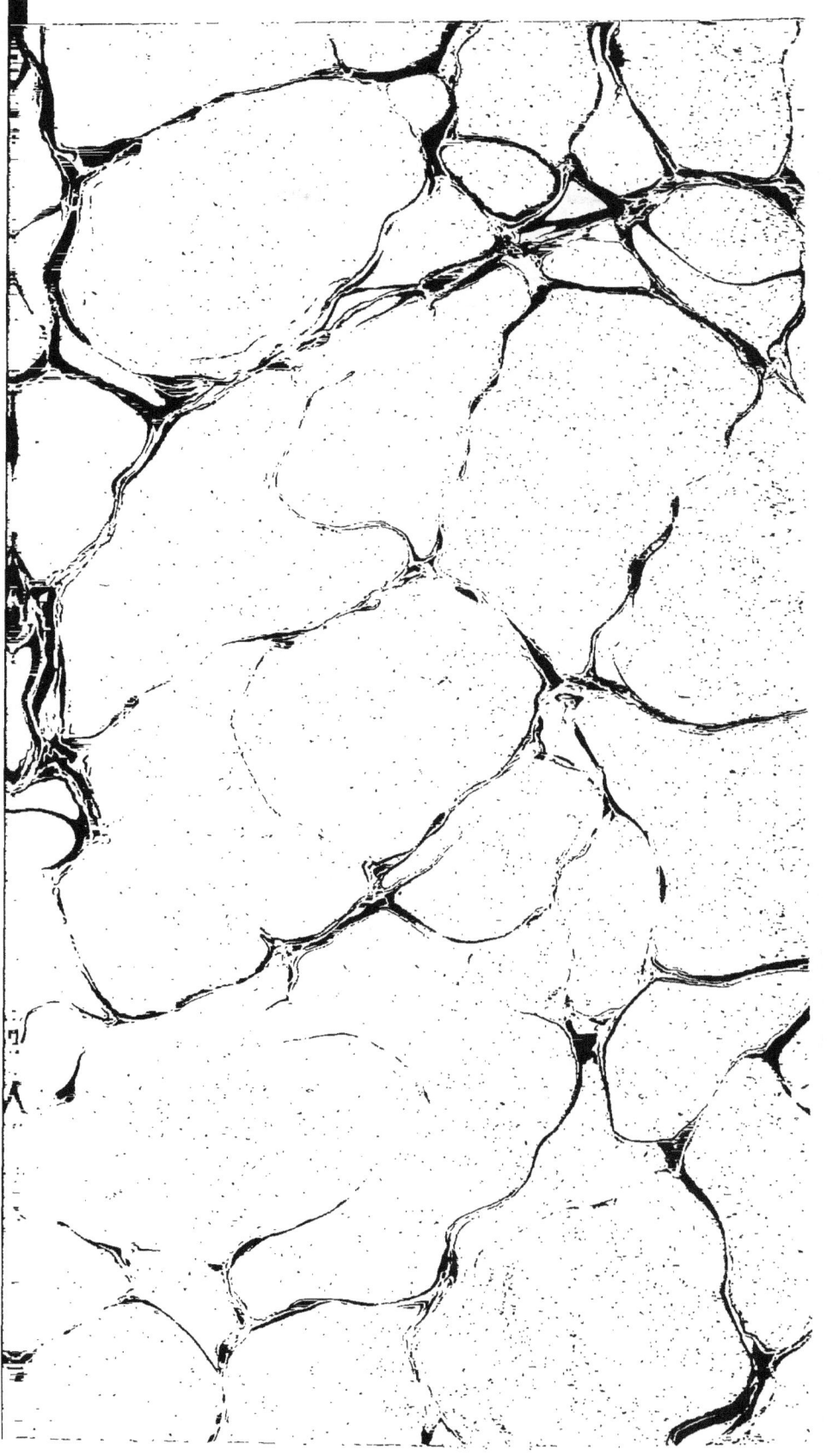

LETTRES

AUX GASCONS,

Sur leurs bonnes qualités, leurs défauts, leurs ridicules, leurs plaisirs,

Comparés avec ceux des Habitans de la Capitale ;

ET LES HEROIDES

DE GABRIELLE DE VERGY,

ET DU COMTE DE FAYEL.

PAR M. MAILHOL.

Cujus aures veritati clausæ sunt, ut ab amico verum audire nequeat, hujus salus desperanda est. Cicer.

A TOULOUSE,

Chez Dupleix & Laporte, Acquéreurs du fonds de Monsieur BIROSSE.

M. DCC. LXXI.

Avec approbation & permission.

TABLE.

PREMIERE LETTRE.
VUES DE L'AUTEUR.

M

J'AI parcouru *les Gasconifmes corrigés*. Cet ouvrage eftimable m'a fait naître l'idée de celui-ci, dont l'objet, fi je ne me trompe, eft affez effentiel. *M. Defgrouais* a traité des expreffions & des phrafes ; je parlerai des manieres, des procédés, des actions : il a fait des Grammairiens ; tâchons de faire des perfonnes honnêtes.

Si mon ouvrage eût été plus étendu, plus dogmatique, & fous une autre forme, j'aurois pû lui donner pour titre *les Gasconifmes moraux & phifiques*. Mais, avec moins de

A

prétentions, & fous la forme de Lettres, il n'en fera peut-être pas moins engageant. D'ailleurs, tout livre n'est-il point une Lettre au Public ?

Les Gafcons ont généralement l'efprit vif, le cœur bon, la tête chaude. Ils manquent peut-être de lumière, de goût, & de cette politeffe aimable, aifée, qui n'eft vraiment connue & pratiquée qu'à Paris & à la Cour.

J'ai vû affez long-tems l'un & l'autre, & même les Pays étrangers, & les Armées. J'ai lû, réfléchi, écrit. A mon retour dans nos Provinces méridionales, que le Parifien, comme on fçait, appelle toutes gafconnes, les difcours, le ton, les airs, les manieres, les modes particulieres, m'ont peut-être plus frappé qu'un autre. J'entreprends de les peindre, fans méchanceté, fans aigreur, fans orgueil, fans gêne, avec l'intention d'égayer la matiere, & de m'arrêter quelquefois à de petits détails, abfolument néceffaires dans un ouvrage tel que celui-ci. Je n'ofe point d'ailleurs trop m'attendre, au bonheur d'être utile. Mes chers compatriotes, fe reconnoîtra qui voudra ; fe corrigera qui pourra.

Je promenerai mon Lecteur dans nos grandes Villes, dans celles qui le font moins, dans

nos sociétés, à nos tables, dans nos amours.
Je lui parlerai en même tems des habitans de
Paris : & il leur trouvera peut-être quelques
traits nouveaux, s'il ne les a vus jusques-là,
que dans les gazettes & dans nos Comédies.
Je tâcherai, en un mot, de faire connoître,
à bien des égards, le Gascon au Parisien, &
le Parisien au Gascon.

Au reste, d'un côté, mon ouvrage seroit
sans doute fort mauvais, si j'y paroissois un
vil flateur, ne rapportant que des faussetés favorables ; on sçait, de l'autre, que trop souvent la vérité blesse : comment faire ? Comment ! si quelque Gascon désaprouvoit ma sincé-
rité sur quelque point ; je lui répondrois que
j'ai peint le Public, non le particulier ; que
j'ai parlé à la fois de plusieurs Provinces, toujours en général ; & je ne manquerois vrai-
semblablement point de persuader à ce Don
Quichote nouveau, qu'il seroit une exception
à la régle. N'est-il pas vrai de dire d'ailleurs,
qu'un Médecin, qui ne feroit jamais prendre
que des remédes agréables, seroit le plus doux
& le plus fatal des empoisonneurs ?

Je dois encore ajouter que, dans les com-
paraisons à faire du Parisien au Gascon, ce ne
sera pas toujours ce dernier qui doit y perdre.

Nous avons peu dans nos Villes même principales ,, de ces ridicules, de ces vices pro-
,, tégés par le Public, dans la poſſeſſion deſ-
,, quels, ſelon *M. de Champfort*, on ne veut
,, point être inquiété à Paris, & qu'un Auteur
,, eſt forcé de ménager, comme des coupables
,, puiſſans, que la multitude des complices
,, met à l'abri des recherches.

Un nouvel Evêque du Languedoc, après un
court ſéjour dans la principale Ville de ſon
Diocèſe, écrivit à Paris en ces termes ,, Nous
,, avons ici vingt Traiteurs, qui font fortune ;
,, & il eſt défendu à tout Libraire de venir
,, s'y établir ſous peine de la vie, car il y
,, mourroit de faim ,, ; s'il eut ajouté à ces
heureux Traiteurs, quelques Maîtres d'Armes,
quelques courriers d'amour, & pluſieurs Marchands de Cartes, n'auroit-il pas achevé, en
peu de mots, le portrait des mœurs de nos
Provinces ?

J'eſpère enfin qu'on ne me fera point un
crime de ne pas employer contre le vice, ou
la folie, des motifs de religion. Je laiſſe cette
tâche à ſes Miniſtres, faits pour s'en acquiter
mieux que moi.

SECONDE LETTRE
DE LA LITTERATURE
ET DES ARTS.

MONSIEUR,

Le Gafcon, quant aux qualités de l'ame, à fes connoiffances, femble tenir également du François & de l'Efpagnol ; ignorant, inquiet, fouvent impoli, faute d'une éducation dont fes parens n'ont point fenti le prix ; vain, préfomptueux, fe vantant lui-même, fans en connoître le ridicule, quelquefois par naïveté, d'autres fois parce que fes compatriotes, par vanité auffi, ne lui parlent pas de fon mérite ; plein d'ailleurs d'immagination, fenfible, vif, entreprenant, paffionné, parce qu'il n'a point appris à contraindre en lui l'effet de la nature & du fol ; enfin toujours prêt à contredire, & à prendre un parti extrême contre ceux qui

A iij

voudroient contrarier ses passions, ses préjugés, ou même ses idées : tel est sur-tout le
Gascon moins lettré.

La nature a mieux traité nos Dames ; avec
quelques uns des défauts des Gascons, elles
sont bien moins imparfaites. Jolies, douces,
prévenantes, modestes, le besoin de plaire &
d'aimer, plus fort en elles que dans les femmes du Nord, acheve de les rendre aimables,
& séduisantes.

Mais l'Homme de Lettres est chez-nous
moins imparfait encore. Il a trouvé dans l'é-
tude, & dans les connoissances acquises, un
antidote sûr, contre la plûpart de nos ridicules. Il lui en reste pourtant, à la grande satisfaction de la critique envieuse, de ses lecteurs, & des sots.

Nous avons tous en Province un état. Il entraîne une occupation, un travail particulier :
il régle, il gêne notre extérieur, nos démarches, nos plaisirs, & dispose le plus souvent
de notre oisiveté même.

Peu d'Hommes de Lettres, le sont à Paris,
par état. Mais on voit dans cette grande Ville
beaucoup de personnes, sans état, qui, s'occupant & s'amusant toujours à leur gré, s'a-
donnent aux Lettres par goût, & consacrent

à éclairer l'Europe, des momens & des jours, qui pourroient être plus mal employés. On ne voit point de telles perfonnes en Province : tout Gafcon littérateur dérobe fes travaux litterai-res, foit à l'Autel, foit à fon Régiment, à fes cliens, à fes malades, à fon Bureau, ou à fes Charrues. Or, on ne peut aller loin dans une carrière, qu'on fuit feulement par intervalles, dans laquelle d'ailleurs on n'eft entré qu'avec de mauvais guides, des forces non exercées, & de petites vues. Je veux parler de notre éducation, de nos études, & des termes où nous nous bornons d'atteindre.

Quelle eft ordinairement l'éducation dans nos Provinces ? La fageffe de la plupart des Peres y rend la propagation abondante : bien-tôt dans chaque famille, une troupe de Gar-çons, qui n'ont appris jufques là qu'à balbu-tier des prières, font livrés à un inftituteur, ignorant, autant qu'ignoble, qui auroit lui-même befoin d'un précepteur, & dont le plus grand mérite eft toujours de couter peu. Cet inftituteur, qui doit donner à fes élevés des connoiffances, des mœurs, de la politeffe, eft un Payfan des Montagnes, en Soutane, defcendu dans les Villes pour gagner au chan-gement de nourriture, pour tâcher d'oublier

les manieres de ſes parens , & d'apprendre
lui-même , ſans frais , ce qu'on croira bonne-
ment qu'il enſeigne.

Voilà déjà l'enfant raiſonnable , éclairé,
c'eſt-à-dire devenu craintif, taciturne, & muni
de quelques mots latins. Il paſſe au Collége :
eh ! que d'années n'y employera-t'il pas , pour
ſçavoir ſeulement l'Idiome de Virgile ! j'ai une
Fable , qui peut regarder bien d'autres perſonnes que nos enfans & leurs premiers Maîtres ; mais , comme , à quelques égards , elle
peut les regarder auſſi , je crois devoir la préſenter ici au Lecteur.

LE CADI AVEUGLE

ET LE CHIEN BORGNE;

FABLE.

UN certain Cadi , jeune ou vieux,
    Etoit , ſi l'on en croit l'hiſtoire,
'Aſſez riche , aſſez ſot , & du reſte ſans yeux.
Peut-être à tort auſſi noircit-on ſa mémoire.
    Tous gens têtus ne manqueut point d'eſprit :
Notre Cadi le fut , & fort il en ſouffrit.
Dans des lieux raboteux , au dos d'une Montagne,
Un bâton à la main il couroit la campagne.
Il ne faut pas , dit-on , diſputer de nos goûts ;

Le fien étoit encor de marcher fans compagne,
Sans amis; fon humeur les défefpéroit tous.
Son guide étoit un chien, qui pour voir la lumiere,
N'avoit, dès fa naiffance, ouvert qu'une paupière.
L'animal avançoit, tenu par un lien;
Suivoit l'Homme au bâton, qui tourmentoit le Chien.
     Seigneur Cadi quelle idée eft la votre!
       Lui difoit cent fois le paffant;
      Pourquoi n'avoir un Valet clairvoyant?
Votre toutou ne vaut que la moitié d'un autre.
Mon Chien, répondoit-il, eft fort intelligent:
Plus que vous il voit clair, & coute peu d'argent.
Paffez votre chemin; ne vous mêlez du nôtre.
Un beau jour, il advint qu'un buiffon, trop pointu;
     Sur le penchant d'un précipice
Rendit au conducteur un fort mauvais office:
Il lui creva cet œil, reffource du têtu.
     Or celui-ci, comme il eft vraifemblable;
      Ne s'apperçoit du cas piteux.
    Son Chien recule; il le juge hargneux:
    Il crie, il jure, il frappe comme un Diable.
    Qu'arrive-t'il au couple malheureux?
     Le Chien hâté fe précipite;
Et, dans fa culebute, il entraîne à fa fuite
Le Cadi, qui gémit, trop tard, & vainement.
Froiffé, fanglant, moulu, fans fecours il expire,
Réfléchiffant ainfi très-lamentablement:
L'aveugle doit périr, s'il fuit imprudament.
Tout autre, qui n'aura qu'un œil pour le conduire.

Nos études particulieres, dans un âge plus mûr, quoique tardives pour un homme qui se deſtine à produire, peuvent ſans doute être meilleures. Nous poſſédons dans nos Biblio-theques les bons modèles, en tout genre. Les morts & les vivans célébres nous y préſentent toutes les richeſſes de l'eſprit, & nous apprennent même les moyens de nous les approprier. Ce ſont, ſi je l'oſe dire, les plus beaux Jardins de la nature & de l'Art, où nous n'avons qu'à nous baiſſer, pour recueillir, & pour ſemer à notre tour.

Nous poſſédons encore un avantage, qui nous eſt particulier. Notre goût, quand nous l'avons acquis, n'eſt point gâté par la lecture des plus mauvais ouvrages ; & nous n'avons point la peine, comme le Pariſien, de ne pouvoir pas les oublier.

A Paris, plus qu'ailleurs, il eſt permis de croire qu'on a de l'eſprit, & de faire manger ſon bien au Papetier, à l'Imprimeur, & au Journaliſte, quand il eſt mercenaire. Cette Ville eſt, en tout tems, inondée de produc-tions foibles & biſarres, dont quelques-unes réuſſiſſent plus, que des ouvrages beaucoup meilleurs, tantôt par le choix du ſujet, tan-tôt par les manœuvres de l'Auteur & de ſa Ca-

bale, d'autrefois par les circonftances. Le cri
du fens commun fe fait enfin entendre ; l'ouvrage tombé ne fe reléve point : mais celui qui
profpéroit fubit fa deftinée ; & , avant de parvenir en Province, il eft déchiqueté par la
beurriere, dont le plus grand bonheur eft de
ne point fçavoir lire.

Parmi cet amas, ce mélange de productions
bonnes & mauvaifes, dont fouvent les unes &
les autres font déprimées, ou vantées fans raifon, comment le jugement & le goût d'un lit-
terateur pourroient ils n'être point altérés ?
Auffi, rien n'eft-il plus rare à Paris que l'Homme de Lettres d'un jugement fûr, en matiere
d'Arts, & d'un goût vraiment délicat.

Un autre inconvénient pour les Littérateurs
de la Capitale eft leur affujettiffement, dans
tous les genres, à ce qu'on a long-tems appellé
le bon ton. On pourroit le définir, quant à la
Littérature, la maniere de s'exprimer & d'é-
crire comme les perfonnes du grand monde,
appellées vulgairement *les gens comme il faut.*
Mais, il s'agiroit de fçavoir, premierement
quelles font les fociétés qui méritent ce titre ;
fecondement fi les ridicules mêmes de ces fociétés ont dû & doivent néceffairement fervir
de loix & d'exemples.

La plupart de nos Auteurs ont quitté dès long-tems une manière de vivre privée, unie, peu dispendieuse, estimée, pour se mêler à de brillantes sociétés, ou, confondus, ruinés, méconnoissables, ils sont nargués par la richesse, par la grandeur, & presque dédaignés par l'ignorance & la sottise.

Il a fallu approuver & suivre les fantaisies des Maîtres qu'on s'étoit donnés, pour leur plaire, pour exciter leur goût affadi, leur curiosité usée, on n'a pensé que des démonstrations. On a sacrifié dans le style la facilité, la rondeur, & une sorte de prolixité, nécessaire quelquefois pour se faire mieux entendre, à des découpures fortes, mais sans liens, à la prétention de dire continuellement des apophtegmes, avec sécheresse & méchanceté.

Dans les ouvrages faits pour intéresser le cœur, on ne nous a plus montré que des passions extrêmes, des situations terribles, & des malheurs effrayans, qui néanmoins affectent rarement, parce qu'ils ne sont, ni bien amenés, ni vraisemblables. Corneille élevoit l'ame ; Racine l'attendrissoit ; Crébillon la fit frémir ; Voltaire la dechire & l'éblouit ; nos nouveaux Auteurs veulent l'émouvoir, & l'effleurent.

Dans

Dans d'autres ouvrages, qui devoient préfenter des tableaux diversifiés, fidèles, rians, une décence précieuse a régi les pinceaux : l'Art, oubliant le vil roturier, n'a daigné nous peindre que des grands, & des fentimens nobles. La belle nature eut paru triviale, la faillie bouffonne, le rire bourgeois. On est devenu par aprêt, par dignité, fort exact, fort honnête, & encore plus ennuyeux.

Cependant, quelques Journalistes prévenus, ou contraints, ou féduits, ont fouvent excufé les défauts, pallié les chutes, déprimé le talent, & divinifé le plus foible mérite. Ils font parvenus à former, pour certains Auteurs, des réputations, fans titre, & à en faire oublier d'autres, qui en ont de réels.

Dans ces derniers tems, une autre charlatanerie a aussi induit le public en erreur fur le mérite d'un grand nombre d'ouvrages : la belle gravûre est devenue la fauvegarde de certaines poësies, & même de la profe ; &, comme a dit plaifamment un Auteur, on s'est fauvé du naufrage fur des planches. Souvent ces cadres d'or ont entouré des barbouillages, qui ont effrontément éclipfé de bons tableaux. Il ne manquoit plus fans doute à ces chefs-d'œuvre

B

décorés, que le portrait intéreſſant & immortel de celui qui les avoit produits.

Quand à vous, mes compatriotes, nourris de bonnes lectures, certains de vos régles, de vos principes, attachés aux meilleurs modèles, ſans être diſtraits par les mauvais, vous pouvez avancer d'un pas aſſuré dans la route, où ſouvent le Pariſien s'égare. Mais combien de nouveaux obſtacles vont ſe préſenter à l'Auteur provincial !

Entouré trop ſouvent d'Automates, appercevant à peine à ſes côtés quelques gens mal inſtruits, éloigné, ignoré peut-être de ceux qui ſuivent ſa carrière, parce que le nombre en eſt petit, il ne ſçauroit trouver, pour perfectionner ſes ouvrages, le ſecours des bons conſeils, choſe ſi néceſſaire ! Nos Académies même ne peuvent guère lui fournir de remède à ce mal, & ſervent ſouvent à le rendre incurable.

Ces corps, cette réunion d'Hommes, qui, ce ſemble, devroient être tous éclairés, comment pourroient-ils remplir en Province l'objet de leur inſtitution ? Où l'eſpéce manque, on ne ſçauroit bien choiſir : c'eſt l'hiſtoire du pays des aveugles. Et d'ailleurs, en ceci, comme dans toutes les élections, qui ne connoît pas

le merveilleux effet de la naiſſance, de la pro-
tection, des cabales ? Je peux placer ici le trait
ſatirique d'un bel-eſprit qui n'eſt plus. Dans un
corps littéraire qui doit être compoſé de quarante ſujets, on en recevoit un par faveur. Ces
gens-là, dit le bel-eſprit, ne ſçavent point l'a-
rhitmétique ; trente neuf & zero, n'ont jamais
fait quarante.

Le ſtyle & le ton des diſcours académiques
gâte ſur-tout celui de nos écrits, & de nos
converſations ſpirituelles. Le Littérateur Gaſcon penſe qu'il doit tout écrire comme ces
emphatiques diſcours, qu'il a vû tant applau-
dir. Il ne ſçait point combien il importe ſouvent de n'être pas trop beau, d'ôter au bal
ſes diamans, & ſon galon au Village, je
veux dire de conformer ſon ſtyle à ſon ſujet.
Il veut traiter des petites choſes, avec le ton
qui ne convient qu'aux grandes. Il croiroit être
bas, s'il étoit naturel. Sa converſation reſſem-
ble enfin à ſes ouvrages. Il ne vous parle que
par métaphore, & ne vous dit qu'en ſenten-
ces, des choſes quelquefois fort communes,
qu'il croit vous apprendre. S'il n'a pas bien dé-
veloppé toutes les parties de ſon apophtegme,
un demi bel-eſprit, qui ſe trouve là, vous dit
d'abord que Monſieur a raiſon, & vous com-

B ij

mente enfuite avec pefanteur, ce que vous n'avez déja que trop entendu.

Notre Littérateur manque auffi d'émulation. Elle eft pourtant, comme on fçait, la principale créatrice des grands Hommes. Il voit tout-au plus à fes côtés quelque Auteur de differtations, & d'autres petits ouvrages, qui feront peut-être lus une fois.

On fe borne malheureufement à tâcher d'arriver à des termes, qui ne font pas affez éloignés. Voyez un enfant qui s'effaie à tirer de l'arc : s'il vife haut, il atteindra plus loin que cet Homme vigoureux, qui aura vifé trop bas. Nos jeunes gens penfent qu'ils feront réputés de grands génies, s'ils parviennent enfin à remporter quelques prix d'Académie, qu'ils croient être les fceaux de l'immortalité ; & nos Académiciens, modeftes à tort, ou trop peu courageux, n'ofant voler de leurs propres aîles, fe contentent de fuivre pas à pas quelques modèles dans de petits genres.

L'émulation, que nous pourrions avoir, eft d'ailleurs étouffée par le peu de cas qu'on fait en Province d'un mérite, qu'on ne fçait point apprécier, parce qu'ordinairement on n'a pas le bonheur de le fentir. On s'y occupe totalement des honneurs du rang, de fes affaires, de ses risques, de ses Laboureurs. On seroit presque faché de s'instruire, & plus encore d'admirer. La richesse, les places, le service, la condition ont envahi toute la considération, tous les hommages : il ne reste que de l'indifférence pour des talens acquis, & des qualités de l'ame, qui paraissent ailleurs au moins autant estimables.

Dans d'autres Arts, tels que la Musique, la Peinture, la Sculpture, l'Architecture, pareils vices ; pareil effet.

Delà ces motets, dont la mélodie fait tant déplorer à l'Auditeur le malheur d'avoir des oreilles. Delà ces statues, qui sont belles sans contredit, si celui qui les a faites les a modélées sur des monstres. Delà encore ces édifices, dont la plupart auroient paru superbes aux inventeurs de l'ordre gothique. Delà enfin ces grands tableaux d'Eglise, où la vue de nos Martyrs, expirans dans les tortures, nous fait acquérir leur mérite.

O mes compatriotes ! tournons nos regards vers Paris. Et d'abord où sont ces jeunes élèves, qui, excités & tourmentés par l'espoir & par leur génie, veulent atteindre & tâcher d'éclipser les plus grands Maîtres de l'Europe ? Croyez-vous qu'ils emploient, comme le plus

B iij

part de nous, des années entières à deſſiner en détail le corps humain, d'après de vaines eſ-tampes ? Voyez-les plutôt ſur un amphitéâtre circulaire, ayant au milieu d'eux un modèle vivant & nud ; le crayon à la main, ils épient, ils dévorent des yeux la nature elle-même, pour ſaiſir ſes dimenſions, ſes beautés, leurs rapports, leurs effets, leurs cauſes. Au ſortir d'une telle école, ils vont ſans doute admirer les chefs d'œuvre de leurs Maîtres. Mais ces beaux ouvrages ne ſont point un but pour eux; ils ſont ſeulement les objets d'une vive émula-tion, qui les anime, les ſoutient, les tranſ-porte, les rend dignes bientôt d'être envoyés à Rome par l'Etat, & de ſe faire admirer eux-mêmes. Excellente leçon pour leur Art, & pour tous les autres ! il faut avoir étudié avec acharnement la nature, pour la bien peindre. Je ſçais, & je dois ajouter ici, que depuis plu-ſieurs années, nos principales Villes ont enfin fourni aux deſſinateurs des modèles vivans : eh ! quels fruits n'eut pas fait éclore une telle métho-de, ſi elle n'eût été dénuée de tant d'autres acceſſoires !

Jettons encore les yeux ſur les Atlhètes de ces Arts, qui ſont plus particulierement pro-duits par l'eſprit & le cœur, je veux dire de l'éloquence & de la Poëſie. Mêmes princi-

pes, même activité, même hardieffe, même
efpoir. A l'étude qu'ils font de l'Homme & de
la nature entiere, ils réuniffent les leçons &
les exemples des grands Maîtres. Affidus aux
difcours des bons Orateurs, qui font toujours
eftimés, préconifés, on les voit attentifs, fenfibles, fixer & tendre vers l'objet préfent toutes
les facultés de leur ame. Ils paroiffent inquiets,
ils fouffrent aux endroits triviaux, ou médiocres. Ils s'émeuvent, s'attendriffent, friffon-
nent aux traits vraiment fublimes. Ah ! bientôt, fe difent-ils alors à eux-mêmes, je pro-
duirai de telles beautés ; j'aurai pareille gloire !

Le champ de la Poëfie eft plus vafte, peut-
être plus noble, & d'un accès bien plus diffi-
cile. Mais, à peine parle-t'on à Paris des petits
Poëmes, des Odes, qui font en Province nos
plus belles piéces, & prefque toujours nos colonnes d'Hercule. Là, pour attirer fur foi les
regards du Public, pour mériter qu'il fonge à
votre exiftance, c'eft au théâtre, au feul théâtre
qu'il faut périr, ou triompher.

Devant une affemblée, compofée des meilleurs efprits de France, & d'une infinité de
perfonnes du goût le plus exquis, on va repré-
fenter le premier ouvrage dramatique d'un
Poëte. Combien les beautés & les défauts de

cette piéce vont-ils être analifés & fentis ! la toile difparoît ; on commence. L'Auteur tremble : les Acteurs ne font guère plus affurés. On les écoute d'abord en filence , mais bientôt, ce filence eft interrompu par des murmures, ou des applaudiffemens. Tantôt les uns & les autres partent à la fois , fe choquent ; tantôt ils fe fuccédent tour à tour. C'eft une variation , une incertitude , un combat, qui ne doit finir qu'avec la piéce, & fixer à jamais fon fort glorieux , ou funefte.

Quelquefois, dès les premieres fcènes , l'ouvrage paroît exactement mauvais , on le hue ; les Acteurs font renvoyés ; la piéce eft tombée : & l'Auteur fuit fécrettement , fe croyant le plus malheureux des mortels , renonçant au Parnaffe , ou déjà méditant d'affronter un nouveau péril.

Quelle différence du fort de ce Poëte , à celui d'un Auteur , qui réuffit pleinement ! Un million d'applaudiffemens unanimes ont déjà retenti à fon oreille. On les redouble à l'inftant qui fixe fa victoire ; & les fpectateurs s'emportent quelquefois, jufqu'à demander de le voir , pour connoître leur nouvelle Idole. Il fçait que tout Paris , la Cour , la France vont parler de lui , & s'emprefferont d'imiter la

partie du Public qui le couronnne : son ame
s'épanouit ; des soupirs , jusques-là retenus ,
partent en foule de son sein ; il ne peut conte-
nir les vifs transports de sa joie : il est réelle-
ment le plus heureux des Hommes.

Quelles leçons! quelle école! combien de causes d'effervescence pour un jeune Poëte qui voit
toutes ces choses ! Excité , animé , son sang
pétille, bouillonne ; son cœur palpite ; il palit ;
il rougit ; un tremblement involontaire agite
ses membres ; ses cheveux se hériffent ; son
imagination s'échauffe, s'éxalte ; transporté ,
plein d'enthousiasme , il sort ; il va produire.

C'est-là, sans doute, c'est à ce foyer ardent
que tout Littérateur dévroit tendre. O vous
Traducteurs, Commentateurs, Differtateurs,
Phisiciens , Naturalistes , Géomêtres , Astro-
nomes de Province, vous pouvez y rester,
vous rendre utiles, & mériter quelques succès :
mais vous Peintres, Musiciens, vous Orateurs, vous Poëtes, qu'un vrai génie enflâme ;
quittez votre patrie, partez, volez à la gloire ;
pour vous , pour vos pareils , hors de Paris
point de salut. Dès long-tems, à cet égard ;
vous n'avez point manqué d'exemples. Quelle
foule de Provinciaux Littérateurs, illustrés dans
la Capitale, n'auroient fait que végetter dans

leur pays ! cependant , avant de le quitter , apprenez , ſi vous l'ignorez encore , quels principaux obſtacles vous aurez à ſurmonter.

En premier lieu , ſoyons ſincères. La plupart des Gaſcons lettrés , qui veulent voir Paris , n'y vont guère pour l'enrichir : leur fortune eſt meſquine. Or , pour ſe faire admirer , il faut exiſter ; l'immortalité ne fait pas vivre ; ils ſont donc obligés d'abord de partager leur tems , leur application , entre le double ſoin de polir leur eſprit , & de nourrir leur bourſe : & l'un des deux objets fait toujours tort à l'autre.

Pour ſe procurer d'ailleurs ce bien-être modeſte & néceſſaire , que de difficultés ! que d'entraves ! Notre Gaſcon tranſplanté ſe trouve là ſans parens , ſans appui. Son mérite n'eſt pas celui des affaires. S'il ſe propoſe quelque part , s'il demande une place , il rencontre mille concurrens , étayés par leurs parens , leurs amis , leurs maîtreſſes , & dont la plupart encore doivent , dit-on , en ſecret , leur naiſſance à ceux qui diſpoſent des emplois.

Conſultez là-deſſus les Gazettes. Vous verrez dans la premiere de chaque année la propagation de l'eſpéce à Paris durant l'année précédente. Vous trouverez que dans le nombre d'environ 21000 enfans venus au monde, on en compte toujours 7000 qu'on nomme naturels, comme si dans cette Ville, les autres étoient contre nature.

Il en résulte cependant que de trois mortels de Paris, qu'on y rencontre dans les rues, il en est toujours un bâtard. Or ces Messieurs, dont les Peres sont, à ce qu'on dit, encore plus nombreux que les Meres, n'ont ordinairement d'autre patrimoine que la bonne volonté de leurs parens, & leurs prétentions aux Emplois. Elevés, entretenus, soutenus de bonne heure, poussés dans les sentiers des affaires & de la fortune, ils culbuteront partout le Provincial, qui n'aura pour lui que sa légitimité, ses talens, & son besoin.

Mais le Gascon, avec quelques contributions tirées du Rhône, ou de la Garonne, se sera-t'il soutenu lui seul jusqu'à l'apparition de son premier ouvrage ? il faut qu'il ait un protecteur : & les gens de cette espéce sont, en général, d'étranges personnes.

Si vous êtes rampant & flatteur, si vos talens sont bien constatés, si vous voulez composer des couplets innocens en l'honneur d'une famille entiere, du Perroquet de Madame, & de son petit Chat ; si d'ailleurs quelque critique effronté, menteur, & chef de parti,

n'a pas intérêt d'étouffer votre réputation naiſ-
ſante, il vous préviendra, vous ſoutiendra,
vous prônera, vous aimera, juſqu'à votre premiere chute. Or, mes amis, nos plus grands
Hommes ſont eux-mêmes tombés quelquefois.

Au reſte, je dois dire ici à la gloire de tout
Auteur Gaſcon, qu'il a dans le caractère la plupart des qualités qu'il faut pour s'aliéner les
protecteurs & les prôneurs journaliſtes, abhorrant les détours honteux de la charlatanerie
qui proſpere, il ne ſçait, ni prier, ni ramper,
ni mentir. Il ne veut point s'élever par des
baſſeſſes, & préféreroit ſa perte, au malheur
de la mériter. On le croit orgueilleux ; il n'a
peut-être que la vanité de tout bon François.
L'Homme vain eſt, à la vérité, ridicule ; mais,
il n'eſt point ordinairement bas, faux, intéreſſé : &, ridicule pour ridicule, il ſemble que
la tolérance, dans le ſpectateur impartial, devroit être pour le plus noble.

La conduite & la marche du bon Muſicien,
moins eſtimé, plus enrichi, ſera ſans doute à
peu près à Paris, celle de l'Orateur & du Poëte.
Il ne faut point d'ailleurs qu'il s'attende à veil-
lir là, ſur ſes motets ; bon gré mal gré, pour
ſe faire un nom, il y devra mêler au ſacré un
tantinet de prophane.

Mais

Mais, je n'ai point encore parlé de quelques tracasseries de Théâtre, faites pour mettre
à bout la patience de tout Auteur dramatique,
& pour désespérer surtout l'Auteur Gascon.

La troupe des Comédiens François de la Capitale forme une sorte de république. Elle gou-
verne les Auteurs, comme les Sénateurs de
l'ancienne Rome gouvernoient les Rois qui les
nourrissoient. Mais ces Rois avoient été défaits,
& ici, les Auteurs, même triomphans, sont
enchaînés & véxés sur leur char de victoire par
Brutus, Finette, ou Crispin.

Avez-vous fait un ouvrage, qui devra quelquefois être admiré de l'Europe entiere ; vous
êtes obligé de le lire, sur la célette, devant
ces Juges despotiques, dont la plupart ne sçavent que déclamer. Malheur à vous, si l'un
d'eux a quelque motif particulier pour vous
exclure. Il a travaillé sourdement contre vous.
Il a fomenté la prévention, qui vous condam-
ne, sans vous écouter, & sans ressource. Mais
votre Piéce au contraire est approuvée, & re-
çûe avec transport ; fiez-vous à ces engagemens
authentiques, à ces démonstrations si flateuses ;
fondez là-dessus vos plus belles espérances :
vous êtes peut-être cette victime, que nos
ayeux couronnoient de fleurs avant de la sa-

C

crifier. Alzire, ou l'Orange, ou Madame la Reffource empêcheront encore que votre ouvrage voie le jour, malgré vos droits, vos plaintes, vos protections.

Si le Poëte accueilli n'a point rencontré ces obftacles ; fi l'on doit jouer fa piéce ; il faut qu'il fatisfaffe chacun de fes Acteurs en particulier : Eh ! bon Dieu que de peine ! Un tel Acteur ne veut point jouer avec Madame Vertigo, qui lui a manqué. La déteftant dans la fociété, il trouve peu décent d'aller lui jurer au théâtre qu'il l'adore. Un autre exige dans fon rôle des changemens fans fin. Tel autre rôle n'eft pas affez brillant pour une premiere Actrice ; l'Auteur eft forcé, malgré lui, à l'augmenter de belles tirades, qui refroidiront fon ouvrage, & le feront tomber. Ou enfin, cette même Actrice, s'avouant affligée d'une incommodité qui doit durer plufieurs mois, la repréfentation de la piéce eft renvoyée après la convalefcence : & tout cela eft fort amufant pour un jeune Gafcon, qui a befoin à la fois de gloire & de finance.

Une autre troupe de Comédiens, appellés Italiens, réferve ordinairement à fes Auteurs mêmes facilités, & pareils encouragemens. Si d'ailleurs vous afpirez à vous faire jouer à l'A-

cadémie Royale de Mufique , c'eſt cent fois pis
encore ; c'eſt , en deux mots *un Opéra.*

Laiſſons là Paris ; & parlons de nos Dames
de Province , qui ſe font diſtinguer dans leur
patrie par leurs charmes , & leur efprit. Ne
montraſſent-elles à nos yeux que des talens médiocres , elles doivent peut-être paroître plus
recommandables ; que celles de la Capitale , qui
produiſent les plus charmans ouvrages. Ordinairement la Provinciale n'a reçu qu'une foible
éducation. Elle a peu lû , parce que ſes parens ,
trop ſouvent ignorans & ſuperſtitieux , lui
ont fait naître des ſcrupules ſur ce qui eſt contenu dans la plupart des Livres. Elle manque
d'ailleurs de bons conſeils en Littérature , &
de ces amis , croupiers d'eſprit , qui , délivrant
les Dames dans le moral, de la peine d'enfanter ,
leur en laiſſent néanmoins toute la gloire.

Pourquoi ne point faire donner à nos jeunes
Demoiſelles , les premiers principes de leur
idiome, de la Sphère, de la Géographie ! Pourquoi ne pas leur faire joindre à la lecture des
Livres pieux, celle de quelques livres d'hiſtoire, & de quelques hiſtoriettes bien écrites,
quoiqu'on les nomme Romans ? Dans le printems de leur âge , elles ne ſeroient pas forcées
de ſe taire & de s'ennuyer devant les gens inſ-

truits, qui parlent de ces chofes. Si malheureufement elles fe mêlent à de telles converfa-
tions, que de fotifes vont fortir de leur jolie
bouche ! Que de ridicules ne vont-elles pas
montrer !

Avec un langage, mal traduit du patois,
elles vous demanderont fi *l'Equateur* eft un
inftrument de ménagerie, fi *le Zénith* eft un
Général d'Armée, fi *les points Cardinaux* font
leur cour au Pape. Parle-t'on de *Siam*, ou de
Lima, elles ne fçavent fi ces Villes font en
Europe, ou dans la Lune. Nomme-t'on *Nan-
kin*, ou *Pekin*, elles penfent qu'il eft queftion
de leur robe. Si l'on cite enfin quelque trait
hiftorique, elles prendront *Thomiris* pour une
Ville, *Alexandrie* pour une femme ; &, fi
vous le voulez, vous leur ferez croire aifément
que *Caton* étoit Catholique, *Cefar* Proteftant,
ou que le Roi *Alaric* fut l'allié de Louis XIV.

On conte à Paris une anecdote, que je veux
rapporter. Un jeune Provincial, moins verfé
dans les Sciences, que prêt à dégainer, fe
trouva dans une compagnie, où l'on parloit
d'hiftoire ; il étoit feul à fe taire ; & c'étoit un
mérite. Mais un plaifant le remarqua tout haut.
Le Provincial, déja ému, répondit que, s'il
lui plaifoit, il parleroit de ces chofes, tout

auſſi bien qu'un autre. Par exemple ajouta-t'il,
vous avez nommé Pharamond, eh bien ! ne
ſçais-je pas qu'il eut pour ſucceſſeur un Clo-
dion, puis un Mérouée, puis un Childérie.
Voilà, dit une troiſiéme perſonne, ce qu'on
peut nommer, vraiment Chronologique. Qu'a-
pellez-vous Chronologique ! s'écria le Provincial ; Chronologique vous-même : ſachez que
dans ma famille il n'y eut jamais de cronologi-
que : vous êtes un faquin ; ſortez. On ſe batit ;
& notre ignorant, percé d'un grand coup d'é-
pée, apprit qu'on pouvoit être à la fois galant
homme & chronologiſte.

Revenons aux Dames, nous avons donc le
bonheur d'en poſſeder qui ſe diſtinguent parmi
tant d'aimables ignorantes ; & nous n'avons
point à craindre qu'elles en aient trop appris.
On peut dire d'ailleurs de celles-ci que, dans
un âge avancé, elles ſeront cent fois plus heu-
reuſes que toutes les autres. Le François eſt
galand : nous ſupportons, nous recherchons
même les idiotes, tant quelles ſont jeunes
& jolies ; avec elles, ſouvent on gagne d'un
côté ce que l'on perd de l'autre. Mais ces belles
ſtatues naturelles voient bientôt le tems flétrir
& détruire leurs charmes. On les évite alors,
on les fuit ; & ces idoles ne s'attirent plus que

le mépris de ceux qui les adoroient. La femme instruite au contraire, & qui a dérobé quelquefois au foin de fa parure le tems qui lui fut néceffaire pour cultiver fon efprit : cette femme, dis-je, quoique d'un âge bien mur, eft encore le charme de la fociété, qui l'eftime. Des robbes, des ajuftemens ne font pas l'éternel fujet de fes entretiens. Elle fait oublier fon fexe, qu'elle même a oublié. Ce n'eft plus qu'un galand Homme, délivré des faux préjugés, bel-efprit fans fadeur, & fçavant fans pédanterie, qu'entourent fes admirateurs.

Mais, celles que nous poffédons maintenant, ainfi que nos Poëtes, Auteurs de petits ouvrages, nous font regretter, par malheur, la gaieté, la vivacité d'efprit de leurs ancêtres. Emules des Poëtes de la Capitale, vous avez voulu vous guinder, comme eux, vers la dignité ; & vous les avez atteints peut-être dans l'art d'ennuyer.

Eh ! mes amis, fi quelqu'un de vous, doüé d'un vrai talent, veut entonner la trompette héroïque, ou chauffer le Cothurne ; je l'ai déja dit, qu'il vole à Paris. Mais vous, qui dans votre patrie, ne voulez que vous amufer à produire quelques petits ouvrages, laiffez-là, croyez-moi, ce ton noble, empézé, qui n'eft pas fait pour vous, & qui vous rend méconnoiſſables. Oſez paroître vous-même : &, de froids imitateurs que vous êtes peut-être, redevenez de bons originaux.

L'hiſtoire a conſacré le mérite de nos anciens *Troubadours*, ou *Trouvaires*. Ils brilloient par une imagination légère, par la gaité de leur eſprit, & ſurtout par leurs connoiſſances dans le grand art de jouïr. C'étoit autant d'Anacréons, dans la fleur de leur âge. On ſçait qu'un certain Roi d'Eſpagne ne voulut faire la paix avec celui de France, qu'à une condition bien glorieuſe pour nos provinces; il exigea qu'on lui enverroit pluſieurs de ces aimables Poëtes. Et maintenant, en pareille occurence, peut-être, hélas! exigeroit-on le contraire.

Que voulez-vous qu'on diſe à Paris, & dans le reſte de l'Europe, de nos Eglogues, hors de nature, de nos Elégies planctureuſes, de nos Odes, qu'on fit ſublimes ſans verve & ſans ſujet, enfin de tous ces petits Poëmes pompeux, dont nous faiſons tant de cas? On n'en dira rien; on les ignore. Mais, ſi notre eſprit, deſcendu de ſes échaſſes, s'amuſoit à chanter bourgeoiſement, & même en notre patois, les ris, l'amour, le vin & l'aimable folie, nos couplets vaudroient peut-être bien ces chefs-d'œuvres couronnés. Ils voleroient de bouche en bouche. Ils fe graveroient à jamais dans la mémoire de nos belles, qui les apprendroient à leurs enfans, & les rendroient ainfi véritablement immortels. Vous, favoris des Académies, & vous même Académiciens, montrez nous quelqu'un de vos ouvrages, qui vaille mieux que l'un des anciens couplets fuivans.

CHANSON DE TABLE,

Faite à Narbonne.

GRand faint Martin, tout le monde vous aime.
Vous l'emportez dans l'efprit des humains
        Sur tous les autres faints.
        Le Carnaval près du Carême,
Livre nos corps à quarante affaffins.
Le grand faint Jean nous fait jeuner fa fête.
Et la Touffains nous fait mal à la tête
Par fes tir lin tin tin tir tin tin.
        Vive vive la faint Martin;
        L'on y boit du bon vin.

Divers couplets Patois , dont les Airs
charmans font fi connus.

GUari jamay nou podi , ni nou boli ;
Trop de plafér acoumpagno moun mal.
Un trait d'amour tén may qué taco d'oli.
   Seray toujour tal
   Jufqu'al darnié badal.

Paftour , tu té plagnés toutjour
Qué per tu yeu n'ay pas d'amour.
Eh ! qué bos may ? Eh ! qué bos may ?
  Lén de tu yeu languiffi ,
  Et ré nou me play ;
  Prés dé tu yeu fentiffi
Ce qué nou fentiras jamay.

Lou cor que tu m'abios dounat ,
  Janti Paftour , en gatgé ,
 L'ay pas vendut , l'ai pas preftat ,
 N'ay fait un autre ufatgé ;
L'ay prés , l'ay mefclat an lou miou :
Sabi pas pus qual es lou tiou.

 L'autre jour , darr'én cantou ,
Trouberi mon calignaire..
Me fagueq quauqué poutou.
Hay ! que les fa ben pécaire !

Et gay ! & gay !
Encaro nou le teni ,
May lou boli.
Encaro nou le teni ,
May l'auray.

Si le Cél, en nous tourman,
Nous a dounat un cor tendré ,
Couffi boulés-ti qu'ajean
La forço de nous défendré ?
Et gay ! &c.

Si voulés que réfiften
A cé que l'amour infpiro ,
Fafés que ço qué réten
Sio pus fort que ço qu'atiro.
Et gay ! &c.

CHANSON DE GOUDELIN,

En couplets.

Despey que dins ma pauro pêl
Lyris reboundec un cop d'èl
Le miou , de trop ploura négat ,
La fiec toutjoun à pas de gat.

Sur fon bifatge d'angélet
La beoutat féc un caftelet.
L'amour s'y mudet autaleu

D'an soun arquet, & son flambeou.

Soun él, en clartat aboundous.
Tuo le lum des tres bourdous.
Et daban soun pél estendut
Le soulél me semblo toundut.

Sa bouts, pléno d'éncantomen,
Me pipo de counfentomen
Et Soun sé, per estre trop bèl
Mé fa beni l'esprit garrèl.

Yeou flambi prép de sa beutat,
Et trambli jouts sa cruautat :
Atal le foc, atal le tor.
Biben à migé dins moun cor.

Voilà, je crois, comme il conviendroit de composer, & de faire chanter nos convives & nos belles. Que fournit-on, au contraire, à nos jeunes gens, à nos aimables chanteuses, pour épurer leur goût, pour exercer leur voix? des Cantiques, rien de plus. Leur objet est sans doute fort respectable ; on auroit tort d'en proscrire le genre. Mais, que de choses triviales, mille fois rabbatues ! quel rapport aux airs ! quelles expressions ! quel criminel en un mot pourroit être condamné à les entendre.

Ah! soyons moins édifians, plus sensés! rimons nos heureuses saillies, & parlons notre langage. Que nos Académies s'humanisent, & proscrivent un préjugé honteux : qu'on y établisse s'il le faut, des prix pour de bons ouvrages patois. Poëtes Gascons, redevenez Troubadours ; & méritez que les talens de vos neveux engagent encore un jour à la paix les successeurs des Rois d'Espagne.

TROISIEME

TROISIEME LETTRE.
DE LA TABLE.

M.

IL est constant que nous jouissons assez bien de la bonté du sol, où nous plaça la nature. Avec quel plaisir ne mettons-nous pas à contribution nos Bassecours, nos Campagnes, nos Rivieres, nos Mers ! Deux de nos paysans, sans trop songer à l'avenir, consomment davantage qu'une famille entiere de paysans d'Allemagne. Nos bourgeois se nourrissent mieux que les Barons ; &, dans la plus petite fête, les seules tables de nos Négocians, & de nos Magistrats, sont plus splendides que celles des Rois du Nord.

Ce que je viens de dire, ne regarde que nos dînés. On sçait que nous avons la manie d'ajouter à ce repas un soupé, plus fort encore :

D

&, l'habitude de nous mettre à table, au moins deux fois par jour, nous paroît fondée fur des motifs auffi naturels que celle, de voir avec deux yeux, d'entendre avec deux oreilles, de marcher fur deux jambes.

La plupart des gens, à Paris, ne font qu'un bon repas, toujours précédé par les affaires, & fuivi des plaifirs. Il eft certain auffi, que les maladies caufées par un excès de fang, ou d'humeurs, y font bien plus rares, que dans nos Provinces. Ils entretiennent la machine, nous l'engourdiffons ; nous végétons, quand ils penfent ; & ils font encore frais & difpos, quand nous traînons des jours languiffans, qui doivent bientôt finir par l'indigeftion, ou l'apopléxie.

Amateurs de la bonne chère, devroient nous crier nos moraliftes, connoiffez le plaifir ; il n'eft point dans les excès ; il s'échappe, quand ils commencent, & ne laiffe à fa place que les incommodités, de vains regrets, & la mort. Ce que vous confommez de trop aujourd'hui peut vous devenir néceffaire dans une année ; ou, fi la fortune vous mit à l'abri de cette difgrace, ménagez-vous encore, par amour de vous mêmes, par intérêt, pour faire part de votre fuperflu à tel de vos voifins, qui

périt dans la misére, & à qui, malheureuse-
ment, les circonstances & la loi ôterent ce que
vous avez de trop. Il vivroit, vous estimeroit,
vous béniroit; & il mourra peut-être, en se
plaignant envain du sort, & de vous qui l'as-
sassinez.

LE RICHE, LE PAUVRE,

ET LA NATURE.

FABLE.

UN riche en son Palais, un pauvre en sa mazure,
Expiroient à la fois, maudissant la nature,
    Le riche d'indigestion,
    Le pauvre d'inanition.
  Nature vint, & leur tint ce langage :
    Pourquoi m'imputer votre ouvrage?
  Ah! malheureux! vous ne mourriez pas,
  Si l'un à l'autre eut donné son repas.

Les axiomes ont leurs exceptions, comme
les régles : lorsque j'ai dit que deux de nos
paysans consommoient plus qu'une famille entiere, je n'ai entendu parler, ni de ceux de
nos hautes Montagnes, ni de ceux qui habitent le Limousin. Ces derniers surtout vivent
presque toute l'année sans pain, & ne se nourrissent que de chataignes & d'eau. A mon pas-

fage dans le Limoufin, je confeillai à plufieurs d'entre eux de préfenter requête, pour
qu'on eut la bonté de les envoyer en Galere.

Les nôtres ont double raifon d'en éviter le
voyage; dans leur bonne chère, ils font mieux
abreuvés que la plupart des riches de la Capitale. Nos vins ne font, ni foibles, ni frélatés;
& nous pouvons les boire à longs traits, fans
les craindre.

Dans l'autre fiécle, & au commencement
de celui-ci, la France étoit pleine d'Hommes
adonnés au vin. Les grands eux mêmes fe plai-
foient dans les tavernes; & l'on ne fçait s'ils
étoient imitateurs, ou modèles. L'ufage, à cet
égard, a fi fort changé les chofes, que nous
fommes tombés dans l'excès contraire. Révo-
lution d'autant moins favorable, qu'elle a privé
les Parifiens fur-tout, de l'un des plus doux
plaifirs de la vie, eux qui les payent fi bien.
Mais, à quoi bon les dépenfes qu'ils font, pour
couvrir leurs tables, à diverfes reprifes, de
mêts fucculents & délicieux, fi ces mets ne
font prefque accompagnés que d'eau; fi, en un
mot, leurs repas n'ont point d'ame?

Comme il en eft à peu près d'une bonne
piéce d'Eloquence, de Mufique, ou de Poëfie,
la table, dans un grand repas, devroit plaire

& intéresser par dégrés, satisfaisant d'abord la faim, la soif, puis le goût, & puis les caprices; se diversifiant, se montrant de plus en plus flateuse, agréable, séduisante, jusqu'au dessert; où des fruits des sucreries, des vins pétillans, des bons mots, des chants bachiques couroneroient l'œuvre, & formeroient une sorte de dénouement, qui acheveroit de rendre parfait le plaisir de la plupart des sens, & de l'ame.

Otez les vins d'un tel repas, vous verrez, comme dans la Capitale, une assemblée de gens, las d'être assis dès le second service, s'excitant vainement à trouver bons, vingt mets qui sont exquis, empoisonnant le peu de plaisir qu'ils goûtent par des réfléxions sur les santés délâbrées, s'entredifant avec tristesse qu'ils ont de la gaité, ne la cherchant que dans la plus fine médisance, & achevant de la perdre dans leur taciturnité, en écoutant au dessert quelque ariette bien froide sur la folie ou l'amour.

O Sybarites prétendus, nous l'emportons encore sur vous à table. Nous choisissons nos convives. Nos Cuisiniers ne valent pas les vôtres; mais nos denrées & notre gibier ont été moins loin du soleil, comme nos têtes. Nous

n'appréhendons point d'enflamer par le vin un
fang, dont la pureté ne paroît pas équivoque :
l'eau nous fait peur dans le verre. Reftés émules
les de l'Allemagne & du Nord, nous n'avons
pas réformé tous les éloges du dieu de la treille ;
& nos planchers font encore frappés quelquefois par les bouchons du champagne.

Il faut pourtant l'avouer ; je félicite ici nos
Provinces d'un avantage, dont malheureufement elles fe défont tous les jours. La manie
d'imiter en tout les Habitans de la Capitale ,
nous aveugle fur leurs défauts, & nous les
fait envier. La dignité les a rendus triftes ; &
nous brûlons de perdre notre gaité. Comme
nous avons facrifié l'art de faire de jolies chanfons, à l'efpoir de compofer de bons petits
Poëmes ; nous commençons à dédaigner nos
bourrées, pour danfer gauchement des allemandes parifiennes , & des menuets : nous
fommes prêts à quitter nos tambourins, pour
quelques violons, qui jurent ; nous avons abandonné le tri, le revercy, pour le fombre
wifch : nous difons à notre Pere Monfieur, à
notre Mere Madame ; à peine ofons-nous
encore boire quelquefois à leur fanté : nous
allions nos vins à nos fontaines ; & des
ariettes, mal frédonnées, font déja taire

trop fouvent nos bons vieux chanteurs bachiques.

O mes dignes compatriotes, ofons encore
conferver quelques unes des manieres bourgeoifes de nos ancêtres, fi elles doivent entretenir notre bonhomie, fi elles doivent nourrir
cette joie innocente, naïve, que, malgré nous,
nos jeunes gens montrent encore empreinte fur
leurs fronts. Ecoutez un jeune homme, qui
croit devoir vous parler en vieillard. Avec franchife, avec gaité, mangeons moins, & buvons davantage ; refpectons la nature, qui nous
favorife ; jouiffons de fes bienfaits, fans gêne,
& fans abus ; faifons bonne chère avec frugalité ; ménageons, à la fois, le corps, l'ame,
& la bourfe ; tâchons, s'il eft poffible, d'oublier dans nos propos la defcription & le détail des repas d'où nous fortons. On diroit,
qu'enviant le fort des animaux qui ruminent,
nous voulons encore repaître longuement
notre efprit des mets, que notre fatiété ne
nous permet plus de favourer. Craignons d'ailleurs, & réjettons nos liqueurs trop fpiritueu-
fes. Mais, dans nos jours de fête, dans nos
orgies falutaires, que nos voutes retentiffent
encore des éclats de nos buveurs ! rebelles à la
mode, choquant le verre, buvons à leur fanté,

pour exciter leur voix ; qu'ils oublient les chanſons, qui affligent, à la fois, le bon ſens & l'oreille, & qu'ils continuent à nous en faire entendre qui reſſemblent aux ſuivantes, quoique depuis un ſiécle elles aient ceſſé d'être nouvelles.

ANCIENNE CHANSON

DE TABLE.

Sur laquelle, comme ſur les autres, on pourroit faire de nouveaux Airs.

L'Ami Grégoire, homme digne de vivre,
Dans ſon caveau s'endormoit ſur un muy.
L'Amour, jaloux de le voir yvre,
Vint, badinant, voler autour de lui.
Quand ce buveur, en tournant la prunelle,
   Et le voyant ainſi battre de l'aîle,
      Prit dans ce ſombre roc
      Cupidon pour un coq,
      Et le pendit au croc.

AUTRE.

Quel état douloureux ! ami, peux-tu le croire ?
   Diſoit le Meunier Mathurin ;
   Un ruiſſeau régle mon deſtin ;
Et lors qu'il manque d'eau je ſuis contraint d'en boire.
   Mais lorſqu'il coule, ami Grégoire,

Et qu'il fait tourner mon moulin,
A longs traits j'avale du vin.

AUTRE.

MOn cœur étoit charmé des beaux yeux de Climene.
Si j'ai changé, ce n'eft pas fans regret.
Mais cet amour me donnoit trop de peine :
Elle logeoit trop loin du cabaret.

AUTRE.

ON dit que le matin,
(Mais je crois qu'on l'invente)
Un bon verre de vin
Soutient, & nous fubftante :
Cela n'eft point, je dois le maintenir ;
Car j'en ai bû cinquante,
Et je ne puis me foutenir.

AUTRE EN COUPLETS.

AUffi-tôt que la lumière
Vient à dorer nos côteaux,
Je commence ma carrière
Par vifiter mes tonneaux.
Ravi de revoir l'aurore,
Le verre en main, je lui dis :
Vit-on fur la rive more,
Plus qu'à mon nés, de rubis ?

Le plus grand Roi de la Terre,

Quand je fuis dans un repas,
S'il me déclaroit la guerre,
Ne m'épouvanteroit pas.
A table rien ne m'étonne;
Et je fonge, quand je boi,
Si là haut Jupiter tonne,
Que c'eſt qu'il a peur de moi.

Si quelque jour, étant yvre,
La mort arrêtoit mes pas;
Je ne voudrois plus revivre,
Après un ſi doux trépas.
Je m'en irois dans l'Averne
Faire enyvrer Alecton,
Et bâtir une Taverne
Dans le manoir de Pluton.

Par ce nectar délectable
Les Démons étant vaincus,
Je ferois chanter au Diable
Les louanges de Bachus.
J'apaiſerois de Tantale
La grande altération;
Et ſur ſa roue infernale
Je ferois boire Ixion.

De marbre, ni de porphire,
Qu'on ne faſſe mon tombeau;
Je ne veux jamais élire
Que le contour d'un tonneau.
J'y veux qu'on peigne ma trogne

Avec ces vers à l'entour :
Cy git le plus grand yvrogne
Qui jamais ait vû le jour.

Je veux qu'on fonne pour cloches
Tous les pots du cabaret
Et qu'on allume pour torches
Cent verres de vin clairet.
Quatre nés à rouge trogne
Porteront les coins du drap ;
Et le plus fameux yvrogne
Chantera le *Libera.*

Au bout de la quarantaine,
Cent yvrognes m'ont promis
De trinquer à tafle pleine
Aux lieux où l'on m'aura mis.
Et pour faire une hécatombe
Qui fignale mon deftin ,
Ils arroferont ma tombe
De plus de cent brocs de vin.

AUTRE PATOISE.

Tendré Rouffignoulét ,
Que bébés al galét
Soulomén d'aiguéto ;
Bélomen cantarios ,
Sé coumo yeu bébios
Dél jus de la fouquéto.

AUTRE DE GOUDELIN,

En couplets.

DE las fabous d'uno meftréffo
Jamay pus nou ferè bailet.
Yeu quiti touto fa careffo
Per un fourrup de flafcoulet.
O fi l'arc amourous me tiro ,
Boli qu'un douzil fio la biro.

. A d'autrés , Mars fe faffo creiré :
Yeu n'aimi poun lé quer traucat ;
Quand lé moufquet fera de beyré ,
Et cargat de jus de mufcat ;
Labets , en fazen à de malos ,
Badarey , per para las balos.

B'a pauc de fén qui t'aigafféjo
Blouffo liquou d'al diou brautous.
Garono may qué may carréjo ;
Et dégun pouts n'es fanitous :
Et l'aigo de las founs pus nétos
Sent à fuzou de las raynétos.

Le bi mé ten la bouco fréfco.
Et , de la flairo qué né fort,
Semblo que l'ambré gris y créfco
D'an las flourétos d'un bel ort.
L'abeillo tabé qué s'y paufo ,
Alloc de mél , y fa dé raufo.

A

A part qui n'empléno la taſſo ;
Blanc & clarét ſobron çazins ;
Et l'embéjous nous faſſo plaço:
La ſérp fuch la flou des raziнs.
Anen dounc qué lé flaſcou troté ,
Dinquio qué lé palmou gargoté.

E

QUATRIEME LETTRE.
DES MODES.

M

Les Hommes paſſent généralement leur vie à deſirer, à jouir, & à deſirer encore. Les grands, les riches ont le merveilleux avantage de parvenir, plutôt que les autres, à être raſſaſiés, ſans être ſatisfaits. Leur inquiétude dans la poſſeſſion, le beſoin qu'ils ont de changer d'objets, l'ingénieuſe cupidité du Marchand & de l'Artiſte, font à Paris, plus qu'ailleurs, la variation la renaiſſance & le triomphe des modes. Delà, l'on y voit des changemens, tantôt inſenſibles, tantôt précipités, quelquefois durables, ſouvent momentanés, dans le moral & dans le phiſique.

Nous voulons, dans nos Provinces, imiter le Citoyen de la Capitale, d'où nous ſommes

éloignés. Nous pourrions bien être de mauvaifes copies d'un original , qui n'eft pas trop
bon.

Les nouvelles expreffions , le ton , les manieres , ne peuvent pas nous venir par la pofte ,
comme la vaiffelle , les ajuftemens , les coeffu-
res. Si nous fommes en arriere de deux ans ,
quant au phifique ; pour le moral nous le ferons de demi fiécle. Le voyageur , qui vient
du Nord de la France , quand il nous voit , nous
croit d'un autre pays , & quand il nous entend ,
d'un autre monde.

A Paris les meubles , les bijoux , les ajuftemens d'un nouveau goût doivent quelquefois
leur origine , & leur nom , à de grands événemens , tels qu'une conquête fignalée , une
éclipfe de foleil remarquable , ou l'apparition
de quelque corps célefte à grande queue. Leur
fource d'autrefois nous vient à moins de frais.
On les a vus éclore de l'arrivée d'un animal
extraordinaire , de la réuffite d'une comédie ,
de celle d'un roman , ou d'une chanfon , ou
même de fa fortune d'un payfan renommé.
Delà ces tabatières , ces coëffures *à l'éclipfe* ,
*à la comette , au rhinoceros , à la frivolité , au
capriolet , à la port-mahon , à la ramponeau* ,
&c. toutes ces chofes , dans leur tems , four-

E ij

niffent des idées à l'ouvrier. Il s'éflaye ; il ha-
farde, il préfente fon ouvrage, on en rit,
on achete, & l'on eft fubjugué ; mais ce font
les grands furtout, qui font d'abord la fortune de femblables inventions. Les riches veulent imiter les grands. Les bourgeois deviennent les émules des riches, & les petits, les
finges des bourgeois.

Les modes, quant au phifique, paflent ordinairement par tous ces dégrés ; mais, def-
qu'elles arrivent au fecond, le premier les dé-
laiffe. Defcendent-elles au troifiéme, elles font
encore abandonnées par le fecond ; & ainfi de
fuite, jufqu'à ce que la populace même fe
défenyvre d'une chofe, qui lui plaifoit tant,
& la livre au ridicule pour vingt ou trente
années.

C'eft alors malheureufement, que les Provinces s'emparent de ces modes : elles ne parviennent même pas fi tôt à nos contrées, qui
font éloignées ; à moins que des correfpon-
dances particulieres, ou la venuë fubite de
quelque actrice ne nous en faffent jouir.

Cependant, nous nous parons partout de
ces prétendues nouveautés, que nous eftimons,
& que nous vantons, à caufe de leur fource.
Nous nous montrons, avec un air empefé,

fous un attirail, que fouvent l'artifan même
de Paris a déjà trouvé ridicule. Comment ne
paroîtroit-il pas grotefque au voyageur qui
viendra de la Cour? Le Provincial, qui fe pavane ainfi fous des parures de vieille date, ne
reffemble pas mal à un veillard décrépi, qui
voudroit paroître jeune.

Mais ce fera fans doute encore cent fois pis,
fi nos affaires, ou la curiofité nous amenent
vers la Capitale. Là, les conditions & les rangs
paroiffent ordinairement confondus; & l'on y
juge des gens fur leur extérieur. Or, que dira-
t'on à Monfieur le Chevalier, qui arrive, s'il
eft bâti comme un garde des barrières? Quel
accueil recevra Madame la Baronne, quoique
jeune, fi on la voit ajuftée comme une petite
marchande douairière? fi d'ailleurs fon parfu-
meur de Province l'a fournie d'odeurs, qui
depuis dix ans, font en poffeffion de donner
la migraine?

Il conviendroit que nous arrivaffions à Paris,
avec un feul habit & beaucoup d'argent. Il
faudroit là, s'enfermer quelques jours, &
mander dix ouvriers à la fois, pour ne fortir
qu'habillé, chauffé, coëffé, & parfumé à la
derniere mode, fans néanmoins rien ouїrer;

autre ridicule, dont plusieurs jeunes gens ne manquent pas de se couvrir à Paris.

Nous pourrions espérer ainsi de paroître décent à la vue ; mais il nous resteroit encore à sçavoir les nouvelles manieres dans la conduite, les nouvelles façons de parler. Et ce n'est pas une petite affaire pour la plupart de nous.

Et d'abord, faut-il aller à pied, en chaise-à-porteurs, en carrosse, ou en phiacre ? Faut-il frapper, ou sonner, ou gratter aux portes ? Faut-il décliner au Laquais son nom & ses qualités, pour se faire annoncer, & attendre dans l'antichambre, ou dans le salon ? Si Monsieur ou Madame viennent, faudra-t'il aller à leur rencontre, ou les laisser arriver, en quittant lentement son fauteuil ? Devrez-vous, à leur approche, vous incliner peu, ou beaucoup ? Faudra-t'il leur demander comme ils se portent, quoique à ce sujet leur visage vous ait déja répondu ? Ce sont autant de régles d'étiquette, qui varient selon les gens, les sexes, les âges, les Etats, & l'usage de l'an, ou du mois ; ce sont, dis-je, des régles, auxquelles il n'est pas permis de manquer, & que nous ignorons tous, comme de raison, à notre arrivée dans la Capitale.

Tout cela n'est rien encore ; êtes vous prié

à dîner ; Vous allez paroître un viſigot, ſi vous demandez à laver vos mains, ſi vous élevez trop la voix, comme c'eſt notre uſage, ſi vous ne demandez pas à boire aux valets avec une humble politeſſe, pour nourrir indirectement l'orgueil du maître, ſi vous buvez à la ſanté de vos voiſins, ou même ſi vous vous inclinez quand ils éternuent. Mais vous quittez la table, & vous offrez la main à Madame ; vous êtes encore ridicule, c'étoit la manche qu'il falloit préſenter.

On va jouer ; gardez-vous bien de paroître intéreſſé, & de vous impatienter, euſſiez-vous perdu votre légitime.

Si l'on vous mene au ſpectacle, vous y payerez votre place, quand même vous ſeriez avec un parent millionaire. Dans ce lieu, que nos bons ayeux établirent pour y aller goûter d'innocens plaiſirs, ſans gêne ; la tragédie fut-elle des plus intéreſſantes, & la comédie des plus bouffonnes, ſongez qu'il ne vous eſt permis, ni de pleurer, ni de rire. Vous pourrez toutefois, dans une ſeule circonſtance ne point ménager vos éclats ; c'eſt à la repréſentation d'une piéce nouvelle, qu'on jugera mauvaiſe. En pareil cas, ſans compromettre ſa dignité, on rit aux dépens de l'Acteur qui pâlit, & de l'Auteur qui jure.

Vos remarques, vos foins peuvent donc vous faire parvenir, en peu de tems, à ne point paroître ridicule dans vos ajuftemens, & dans quelques-unes de vos manieres. Mais quelque âge que vous ayez, prenez, croyez moi, un Gouverneur, fi vous voulez bientôt auffi vous exprimer, & prononcer, à peu près, comme un autre. Les Provinciaux & les étrangers devroient trouver dans la Capitale de ces gouverneurs à la femaine, établis exprès pour eux. Il feroit fans doute fort agréable, & fort utile, d'avoir, à la fois, à fa porte, fon phiacre, fon baigneur, fa blanchiffeufe, & fon mentor.

D'abord, il eft certain, qu'il exifte en tout tems à Paris, un ufage de dire les mêmes chofes en plufieurs manieres différentes, & que ces façons de parler fuivent ordinairement, & caractérifent les rangs, les conditions, les états. Je m'explique par un exemple.

Trois perfonnes voient l'une après l'autre, une jolie femme, qui vient d'acheter fa toilette, dont elle eft mécontente. L'un eft bourgeois, l'autre feigneur, & le troifiéme homme de lettres. Le bourgeois lui dira : *Madame eft aujourd'hui mal coëffée.* Le feigneur s'écriera : *eh fy, Madame vous êtes aujourd'hui coëffée à*

faire horreur! l'homme de lettres, plus fpirituel, plus maniéré, lui parlera peut-être en
ces termes : *vous vous êtes trop fouvenue aujourd'hui, Madame, que vous perdez peu de
chofe à négliger vos atours.*

Si un Gafcon, nouveau venu, qui prétend
à bien parler, a malheureufement entendu ces
trois perfonnages ; incertain, & défolé, il
courra reprendre fon bidet ; il fera peut-être
arrêté par le gouverneur de fon coufin. Celui-
ci lui repréfentera que le bourgeois a prononcé
une vérité dure, le feigneur une exagération,
d'ufage parmi fes pareils, l'homme de lettres
une jolie fadeur ; & qu'un Chevalier de bonne
compagnie eut pû dire à la Dame : *fi vous nous
tournez la tête aujourd'hui, vous ne le devez,
ma foi qu'à la nature.*

Toutes ces façons de parler, ces tours d'expreffion nous dépayfent fans doute, mais c'eft
à nous de paroître finguliers & ridicules, jufqu'à ce que nos lumières, acquifes dans une
longue fréquentation du grand monde, nous
fournissent le moyen de prendre notre revan-
che fur d'autres.

Nous jouirons alors feulement du bonheur
de n'être point remarqués. Nous nous fairons
d'ailleurs une loi, d'avoir continuellement à

la bouche, comme les autres, certaines expressions de mode.

J'ai noté, depuis vingt années, quelques termes, qui ont fait à Paris cette fortune. Dans leur tems, ils étoient de toutes les conversations, & entroient dans presque toutes les phrases.

J'ai vû, par exemple, qu'on ne parloit que de *jouïr*, d'apprendre à jouïr, de sçavoir jouïr.

Il ne fut question ensuite que du *bon ton*, non dans la musique, c'eût été trop naturel, mais dans les manieres, les propos, les choses. Tel Baron, tel Auteur, telle Demoiselle, tel Abbé étoient du bon ton. La démarche légère, l'air riant, jusques dans le chagrin, l'œil attendri, les doigts au jabot furent du bon ton. On appella du bon ton les phrases coupées, les déclarations jettées à la tête, les propos mi-gaillards, & sur-tout le persiflage.

Ce persiflage étoit ordinairement un assemblage & un circuit de paroles légères, vagues, & discordantes, qu'on prononçoit en société, à une personne, pour se moquer d'elle; d'abord, le sujet lui en paroissoit intéressant, puis problématique. Enfin il devenoit inintelligible à l'écouteur & au parleur; & faisoit éclater de rire toute la compagnie.

Le bleu de ciel, le citron, le lillas, le verd de pomme furent auffi les couleurs du bon ton; & l'on ne voulut en un mot par tout que des meubles, des habits, des coëffures, des rubans, des bijoux, & des amans du bon ton.

Bientôt le verbe *avoir* fit oublier cette expreffion technique, & brilla quelque tems à fa place. On ne ceffoit d'entendre : le Marquis a Julie. La Baronne a le Chevalier. Le Comte aura la Marquife, qui avoit le petit Duc; mais il veut plutôt donner le congé à Zelmire qu'il a eue, & parler à Dercilie, que tôt ou tard il doit avoir.

Dans ce tems là j'étois à Paris. J'eus, un jour, la hardieffe de dire que cette façon de parler, peu naturelle, ne pouvoit être entendue que par ceux, qui étoient convenus de ce qu'elle devoit exprimer. Plufieurs amis, avec qui je me promenois alors, foutinrent le contraire. On parla de parier ; & je mis au jeu. Voyant approcher une jolie bourgeoife de 15 ans, auriez-vous été eue, Mademoifelle, allai-je lui dire à l'inftant. Monfieur me répondit-elle avec naïveté, je n'ai pas l'honneur de vous entendre. Je revins ; & tirai les enjeux.

Les deux termes *ame* & *prétentions* fuccéderent au verbe avoir. Damis, difoit-on, mon-

tre des prétentions ; mais il n'a point d'ame:
Florife eft femme à prétentions. Le Baron auroit envain des prétentions , mais il a de l'ame.
On vit des procédés , des manieres , des ajuftemens , à prétentions , comme de la Mufique ,
de la Poëfie , & des tableaux fans ame.

A la fuite de l'ame & des prétentions , tout
devint *lefte*. Dercour a difoit-on des procédés
un peu leftes. Les coquettes entendoient fouvent
des propos leftes , parce qu'on n'ignoroit pas
qu'elles hazardoient des démarches trop leftes.
Dorimon avoit quelquefois des façons leftes ,
qui déplaifoient aux Prudes ; mais il s'en tiroit
toujours leftement.

Un animal domeftique vint enfuite fur les
rangs & fut l'objet des plus jolies comparai-
fons. Le Marquis difoit continuellement : je
fuis malheureux comme *un chien*. La boudeufe
Zirphé , qui défefpéroit fes amans , leur répé-
toit , vingt fois dans la journée , j'ai de l'humeur comme un dogue ; & celui qu'elle aimoit
le plus lui répondoit , qu'il étoit las de fe voir
traité comme un chien. Enfin la nonchalante
Celie , propofant une partie de campagne ,
foupiroit , bailloit , & difoit : je voudrois être
morte ; je m'ennuie comme un chien.

Le mot *perfonne* joua auffi un grand rôle
dans

dans les tables. Il ne qualifia point les convives, mais les individus qu'ils mangeoient. L'un d'eux découpoit-il , par exemple , un dindon aux truffes , & demandoit-il à quelqu'un son goût, avant de servir ; on lui répondoit : je ne veux point de truffes , mais seulement de la personne du dindon. Madame , disoit-il à quelqu'autre, voulez-vous de cette terrine de lapin ? Oui , Monsieur, mais arrangez-vous , s'il vous plaît , on sçait que j'ai un dégoût formel pour la personne : Monsieur, vous me donnerez ensuite un peu de la personne de cette bécasse en salmi ; & vous sçaurez que je suis fole aussi de la personne du choufleur au jus.

La philosophie , qui devint enfin de mode, tourna les propos sur la sagesse & les convenances. On ne cessa d'employer les épitectes *honnête* & *intéressant*. L'honnêteté ne fut plus la simple politesse avec des attentions, elle annonça des mœurs. On voyoit partout des jeunes-gens honnêtes. Ils avoient le maintien honnête ; leur regard même étoit honnête. On vous présentoit des Demoiselles intéressantes , qui avoient essuyé des malheurs intéressans , ce qui ajoutoit beaucoup à leur figure intéressante. La philosophie , dans un homme ou dans une femme , supposoit aussi des lumières

F

certaines : on affocia aux deux épitectes , le
verbe *voir*. Ainfi , c'étoit peu que Terval &
Felimene fuffent honnêtes & intéreffans ; outre
cela , ils voyoient bien. Le fujet d'une piéce
tombée avoit été mal vû par l'Auteur. Un bel-
efprit faifoit-il un bon raifonnement fur quelque affaire publique ; fa protectrice accufée elle-
même de voir peu , s'écrioit : comme cela eft
vû ! il n'y a que lui pour ces chofes ; il voit
comme un ange.

Tous ces termes, fi finguliérement employés,
& quelques autres, dont je n'ai point fait men-
tion, parce qu'ils furent moins répandus, ou
moins honnêtes, n'ont point paffé dans les
bons Livres, qui font la feule régle, connue
par les Provinciaux, quant à la façon de parler.
Quelqu'autre expreffion, quelques autres tour-
nures, ont fans doute encore fuccédé à celles
que je viens de rapporter. Comment les Gafcons arrivans pourroient-ils les fçavoir ?

Ces tours d'expreffion extraordinaires font
fouvent fortis pour la premiere fois de la bouche d'une Dame qualifiée, qui en avoit hazar-
dé vainement une grande quantité d'autres. Elle
avoit peut-être auffi envain effayé d'établir
trente modes. Elle étoit défefpérée. Sa nouvelle
réuffite la confole. On lui dit que fa phrafe,

ou fon mot, court dans Paris, & gagne les campagnes. Riante, & tranfportée de joie, elle croit avoir conquis la France. Cependant nos Provinces Méridionales pourront bien ignorer à jamais fa conquête.

D'ailleurs, par quelles gens fommes-nous ordinairement inftruits dans nos Villes, fur tout ce qui regarde Paris ? Le fils d'un Négociant ou tel autre, aura été paffer quelques mois dans la Capitale. Il y aura dépenfé, dans un fi court efpace de tems, plus que fa famille entiere ne dépenfe en dix années. Voila fans doute, à fon retour, un grand modèle pour tous fes camarades. Avec tant d'argent il aura tout vû ; il aura parfaitement connu Paris & la Cour. C'eft un oracle ; on le confidére ; on l'interroge ; on lui demande confeil ; il répond ce qu'il peut, ce qu'il veut ; & fes avis font des loix, qui régiffent le Pays à dix lieues à la ronde. Or ce petit feigneur, avec fa forte dépenfe, n'aura quelquefois connu que deux caffés, trois promenades, les parterres des fpectacles, quelques chevaliers d'induftrie, une petite danfeufe, & le grand chemin de Verfailles. En pareil cas, un étranger difoit ingénument à fes compatriotes, que les maifons l'avoient empêché de voir Paris. Plufieurs de nos Gascons de retour, s'ils étoient aussi sincères, paroîtroient sans doute des gens inimitables.

Nos ado'escens ont encore la manie de vouloir cop'er le Militaire. Mais la plupart des Officiers n'ont jamais connu Paris, & les autres ne l'ont ordinairement vû qu'en passant. D'ailleurs, ce qui sied bien au Militaire ne sied point aux enfans de l'homme de loi, du Négociant, ou de l'honnête Marguillier, qui, sortant de remplir leurs fonctions pacifiques, s'immaginent, au premier coup d'œil jetté sur leur famille, qu'on vient de mettre garnison chez eux.

Nos Dames veulent aussi, trop souvent imiter nos actrices élégantes. Elles sembleroient ignorer qu'à Paris un certain air décent, qui modifie les ajustemens, les coëffures, & la frifure même, distingue ce qu'on appelle l'honnête femme, d'avec les petites maitresses, les Demoiselles à talent, ou les simples protégées. Tout Homme, un peu connoisseur, y discerne d'un coup d'œil l'état différent de deux Dames, aussi richement mises l'une que l'autre, sur la seule tournure de leurs cheveux, ou de leur falbala. Or les nôtres, dont la première aura pris, par malheur, son modèle sur les planches, donnent au voyageur, fans s'en douter, de fingulieres idées fur leurs perfonnes ; &, dans les lieux publics, où l'on voit à la fois les deux fexes, il doit fouvent demander, avec un fouris amer : quelle eft cette troupe d'officiers, fans uniforme, qui gardent ces Veftales ?

Dans ces derniers tems furtout, quel homme de bon fens a pu voir fans rire, nos jeunes garçons habillés à la Pruffienne, & coëffés feulement pour la forme ? Parce que les Princes d'Alemagne ont manqué de drap & de poil, nous avons couvert nos grands corps d'un habit court, étroit, à boutons inutiles, & nos groffes têtes du plus mefquin des chapeaux. Autre fingularité dans la coëffure négligée de nos Dames ; parce que celles de Paris, après avoir paffé quatre nuits au bal, ont pris une coëffe avancée, pour cacher des yeux battus, un tein fané, des cheveux mal en ordre ; les nôtres ont cru qu'il étoit du bel air de dérober aux gens, de la même maniere, une belle chevelure arrangée, un tein de rofe, & les yeux les plus pétillans. Leur vifage eft, pour ainfi dire, retranché derrière des dentelles, qui dévancent leur nés d'un pouce : & leur yeux, contraints de loucher, ne nous voient alors qu'à

F iij

travers une grille , qui les rend éxactement invisibles.

Nous avons une autre espéce de Dames assez nombreuses qui se couvrent de ridicules d'une autre espéce. Quoique dans l'été de leur âge , elles ne paroissent que chargées d'antiquailles. Avec un soulier noir, une robbe brune , un mouchoir épais , une cornette empesée , des paupières resserrées , la bouche en cul de poule , le col de travers , & la démarche d'un caneton, elles disent au prochain je suis dévote. On peut les en croire certainement ; Mais , si elles ont plus de vanité que d'autres, si elles tourmentent saintement leurs domestiques, leurs parens , leurs amis ; on peut aussi leur répondre , qu'aux yeux des gens instruits, l'extérieur ne prouve rien. Sur la fin du dernier regne, Versailles donnoit à la France entiere le signal de la dévotion : tout paroissoit dévot alors ; il le faloit.

Nous manquons d'une autre sorte de Dames, qu'on rencontre communément à Paris. Tôt ou tard sans doute la mode cessera de nous en priver.

Dirigeant leur esprit , maîtresse de leurs cœurs ;
· La Philosophie en Cornette
Fixe leur goût , préside à leur Toilette,
Produit leurs sentimens , ou plutôt leurs erreurs ;

Et chaque jour empiette
Sur le droit de l'amour , & celui des vapeurs.

Nous manquons de bien d'autres chofes. Il
faut pourtant le dire ; nous fommes moins
particuliers , moins Oftrogots qu'autrefois.
Depuis trente ans , les chemins difficiles du
Royaume ont été applanis , agrandis. Les Mef-
fageries , les Poftes ont été mifes en bien meil-
leur état. On s'eft plus accoutumé à fortir de
fon Village ; & Paris a vu dans fon fein beaucoup plus de Provinciaux , qui en ont rapporté
dans leur Patrie de l'urbanité , des connoiffances , & le bon goût.

On voit même parmi nous bien des perfonnes , affez éclairées , pour échapper aux
ridicules communs. Si ce font des chefs de famille , chez eux , l'étranger fe retrouve dans
la meilleure compagnie de Paris.

Il eft auffi de certaines maifons , où l'on a
pris quelques ufages de la Capitale , & où , l'on
en néglige beaucoup d'autres. Le voyageur ,
qui ne fçait d'abord à quoi s'en tenir , s'y voit
dans le plus grand embarras , craignant toujours d'en faire trop , ou trop peu. Il ne fçait
ce qu'il doit pratiquer quand il entre , quand
il fe met à table , quand il boit , ou qu'on

éternue ; quand on a dîné , quand on paſſe
dans un autre appartement , & quand enfin il
veut ſortir. Il eût peut-être dû d'avance envoyer un eſpion. Ou plutôt, pourquoi les familles ne feroient-elles point placer dans leur
premiere antichambre un tableau bien détaillé
de leurs connoiſſances , de leurs manieres ?
Elles pourroient abſolument y joindre un dia-
paſon. Dans les converſations trop vives , il
ſerviroit à régler le ton.

Mais, tandis que j'écris mes remarques, &
ces réflexions, les modes varient de moment
en moment, pour ſe renouveller ſucceſſive-
ment, après bien des années ; parce qu'elles
ſont rapportées, tôt ou tard, par quelque étranger, imitateur antique, qui eſt tout étonné
d'acquérir le mérite d'inventeur : & peut-être
qu'à l'époque où cet ouvrage verra le jour, le
tems m'aura donné bien des torts.

Je dois d'ailleurs ne pas oublier de préſenter, ſur ce ſujet dont j'ai parlé, la plus ſûre
de nos reſſources. Nous la trouverons ſans
doute dans l'auguſte aſſemblée qui compoſe
nos Etats. Nos députés y voient, chaque année,
d'excélens modèles frais émoulus, qu'il ne faut
pourtant pas imiter en toutes choſes.

CINQUIEME LETTRE.

DE QUELQUES CARACTERES *GÉNÉRAUX.*

M.

Un Allemand, grand voyageur, parut à Paris, dans ces dernieres années ; & voici l'annonce singulière qu'il fit courir dans les sociétés :

Ménagerie du sieur Natourweist.

AVIS AU PUBLIC.

Messieurs & Dames,

Vous êtes avertis que le fameux Natour-weist vient d'arriver dans ce pays. Après avoir voyagé en Europe, en affrique, en Asie, en Amérique, & bien plus loin encore, il paroit enfin à Paris, pour la satisfaction des connois-seurs, qui se plaisent à voir les précieuses productions de la nature , les animaux finguliers de tous les Elémens, & les monftres beaux & rares.

A quatre mille cinq cens lieues au-delà des Antipodes , le fieur Natourweift a formé une petite ménagerie de cinq animaux fans pareils, qui ont fait l'admiration de toutes les Cours de l'univers ; il a l'honneur de vous en préfenter la defcription.

Ces animaux, finguliers par leurs manieres, font *un Coq , un Paon , un Perroquet , un Renardeau , & une Perruche.*

La couleur du Coq eft d'un bleu foncé , qui paroît quelquefois chamarré de blanc, ou de jaune. Sa démarche eft altiere, fon regard affuré. Dès fa jeuneffe il fut galant, étourdi , tapageur. On a foin d'éloigner de lui les poulettes ; mais elles ne ceffent, pour le rechercher , d'entrer par les foupiraux, les toits, ou les fenêtres. Peu fatisfait de tant d'empreffemens , il s'échappe , careffant les femelles, battant les mâles. Il fême le trouble dans les ménages de tous les volatiles, & rend perfides jufqu'aux tourterelles. Il a fur le côté de la tête une touffe de plumes, qui lui cache un œil , & la moitié du bec. Il s'éveille matin ; & par un grand bruit, qu'il trouve plaifant, il trou-

ble le fommeil, le repos, & les plaifirs. Le
fien confifte fouvent à tenir dans fa patte gauche, & fur fon aîle, un long fétu, chargé de
ce joujou, il fe pavane, il marche, il s'arrête,
il fe baiffe, il fe hauffe, il fe tourne ; & il affron-
teroit alors les Lions & les Tigres. Enfin il fe
jette fouvent dans un feu, qui ne le brûle pas,
& d'où il fort à la longue, plus fier & plus
paré.

Le Paon du fieur Natourweift, fous un plumage rembruni, offre une humeur affez gaie.
Sur la foi de fon extérieur, on l'a mis dans
la ménagerie pour appaifer les querelles, &
régler les différens : mais, pour être tranquille
lui-même, il a befoin que la difcorde y regne.
En l'abfence du Coq, il fe gliffe auprès des
poulettes. Au grand jour, elles femblent le
chaffer ; & la nuit elles l'appellent. Le Coq, le
Perroquet font fouvent préts à l'attaquer. Mais
il leur préfente fa tête, épaiffie par une groffe
touffe de plumes ; il fe rengorge ; fa longue
queue s'épanouït : & tous ceux qui fe préparoient à lui faire un mauvais parti, fe fentent
obligés à le refpecter.

Le plumage du Perroquet offre les couleurs
les plus variées, les plus éclatantes. Il ne parle
point ; il babille, il ne chante point ; il fré-

donne ; il ne marche point, il danſe. Agréable,
ſéduiſant, perfide, ſes careſſes ſont des coups
de bec : mais ſa méchanceté n'eſt point à craindre. Le matin, il ſaute tout ſale de ſa cou-
chette, & croit en être plus aimable. Tro-
tant, courant, volant, ſans trop ſçavoir où
il va, il trouble, il heurte, il renverſe les
autres, & lui même, & en rit comme un fou.
Vers le milieu du jour, il s'occupe trois heures à liſſer ſon plumage, à le laver, à le char-
ger d'eſſences, qui parfument le quartier :
avant tous ces apprêts, ſa tête étoit couverte
d'un aſſemblage de plumes, qu'il place alors
ſous ſon aîle gauche, bientôt il s'élance, il va
briller, & remplir les volieres de jaloux &
d'envieux. Il aime, il fuit, il perſécute partout les perruches, les tourterelles, les poulettes, ou plutôt toutes les femelles de la gent
volatile, depuis la compagne de l'aigle, juſqu'à celle du colibri. Et, il n'a que le léger
chagrin de les entendre ſe plaindre également
de la différence qui ſe trouve en ce monde entre
l'apparence & la réalité.

Le poil du Renardeau eſt d'un noir, qui viſe
au violet. Sa gorge eſt d'un bleu de ciel agréable. La jeuneſſe & la ſanté brillent ſur ſa phi-
ſionomie, ſes regards ſont doux, ſes attitudes
honnêtes

honnêtes, fes mines intéreſſantes. Lorſqu'il veut s'approcher de quelque objet, ſur lequel il a jetté ſes vuës, il marche à pas comptés, il ſe courbe, il met ventre à terre pour éviter les obſtacles. Mais parvenu à ſon but, ſa tête ſe reléve avec aſſurance ; & il regarde avec un ſouris méchant & modeſte, des concurrens, qui l'avoient à peine apperçu, & qui ſongeoient tout au plus à le plaindre. Il paroît bon à tout. Auſſi, eſt-il ſouvent employé aux choſes pour leſquelles il ne ſembloit pas être fait. Il eſt de la race de ces Renards richement fourrés, qui, placés dans le creux d'un arbre, ſont baiſſer la tête par un ſigne à la plus grande partie des animaux. Mais vraiſemblablement celui-ci ne prendra jamais cette peine. Il imitera pluſieurs de ſes compagnons, qui, par une ſorte de magie, ſe ſont transformés tout à coup en Coqs, en Perroquets. Au reſte, on diroit qu'il eſt toujours ſans conſéquence auprès des geli-notes, des tourterelles, des fauvettes ; & tou-tes celles qu'il a croquées ne ceſſent de témoi-gner le contraire.

La Perruche du ſieur Natourweiſt eſt ſon oiſeau le plus charmant. Sa prunelle délicate ne peut ſe faire au lever du Soleil ; elle ſort tard du milieu d'un duvet, dont la trop dure

G

élasticité l'a souvent incommodée. Sa couleur
est celle de l'hermine ; ses yeux petillent, son
ramage est enchanteur. Tandis qu'on s'occupe
à lisser son plumage, elle ne cesse d'être entou-
rée de Coqs, de Renardeaux, de Perroquets,
de Paons, & d'une infinité d'autres animaux,
qui briguent ses faveurs, pour devenir les objets
de ses caprices. Elle leur distribue, par-ci,
par-là, des coups de bec, des coups de patte,
qui leur font un sensible plaisir. Quelquefois,
en secret, elle dédommage de ses égratignures
par des caresses : & si, dans sa cour, ordinairement peu discrette, leur multiplicité produit
des tracasseries, elle arrange tout cela comme
les plumes de sa tête. Vive, étourdie, incon-
séquente, elle est souvent bonne sans douceur, & quelquefois cruelle sans méchanceté.
Plusieurs Perroquets l'ont trouvée forte par
singularité, & d'autres foible par distraction.
Ses regards, ordinairement agréables, chan-
gent de moment en moment, selon les tems,
les lieux, l'objet présent ; & ils disent toujours
plus ou moins qu'elle ne pense. S'occupant d'a-
musemens, s'amusant d'aimables folies, elle
court, elle voltige jusqu'au milieu de la nuit.
Elle se retire enfin dans un réduit galand, &
s'efforce d'y bouder, afin qu'on la console.

Le fieur Natourweift fait voir fa petite ménagerie tous les jours aux Spectacles, aux promenades ; & le vendredi , plus particulierement à l'Opera.

On accourut en foule aux lieux indiqués par
le voyageur : & celui-ci , contre la coutume,
tint plus qu'il n'avoit promis. On vit autour
de lui beaucoup plus d'animaux qu'il n'en avoit
annoncés ; & les plus finguliers n'y furent pas
en petit nombre.

Un vendredi , où je me rendis à l'Opera ,
comme les autres , je trouvai dans une loge
une lettre, qu'on avoit perduë. Elle étoit adref-
fée au Journalifte, qui écrivoit alors fur les
mœurs. Elle n'a point paru : la voici.

Je fuis homme de nom , Monfieur ; & j'ai
l'étrange malheur de réfléchir quelquefois. Dès
ma tendre jeuneffe, on me mit dans le fervice.
On me fit d'abord des équipages nombreux,
leftes , brillans. Je fus dépouillé , & fait pri-
fonnier. Mangeant à la table des Généraux en-
nemis, je trouvai auprès d'eux la frugalité, &
un train beaucoup moins confidérable que le
mien. Sur mon rapport ici, l'on me dit que
ces gens étoient fagement ridicules ; qu'il falloit
foutenir l'éclat de mon rang , & imiter ceux
avec qui je vivois. Nouveaux équipages ; bijoux

G ij

de toutes les eſpéces ; *protégée* élégante ; & pro-digalité frivole , à laquelle on donna le nom de géneroſité.

La mort de mes parens me laiſſa maître de ma fortune ; mais , que je la trouvai différente de l'idée que je m'en étois formée ! mon pere avoit agi comme moi.

On me maria : augmentation de train & de valets inutiles. On me dit alors qu'il n'étoit plus décent de garder ma protégée ; mais , qu'il falloit , dans peu , en prendre une encore plus chere. Ces bons conſeils furent ſuivis. On me fit auſſi montrer de l'eſprit. L'argent me man-qua : on voulut que je fiſſe des affaires ; & , dans quelques mois , il me manqua bien plus encore.

Je voulus me ranger ; j'allois d'ailleurs pren-dre un homme de mérite pour Secrétaire, pour confident, pour ami : on me dit que je me ferois ſiffler ſi je diminuois mes dépenſes , & qu'on m'accuſeroit de ne ſçavoir ni raiſonner, ni faire mes lettres , ſi j'avois auprès de moi quelqu'un trop éclairé , capable de nuire , par la comparaiſon à mon brillant génie. On me conſeilla de faire tranſcrire mes productions par une ſorte de laquais , bien rempant , qui eſſuyeroit avec reſpect mes caprices , & mes

injures. Mes rentes, comme de raison, alle-
rent encore en diminuant. Mes pareils firent
une dépense d'éclat. Il fallut contribuer ; & j'eus
bien de la peine à trouver de quoi payer. Le
lendemain, Monsieur, dix malheureux estimables vinrent solliciter, en secret, mes bienfaits : & le cœur me seigna de ne pouvoir rien
faire pour eux.

Je partis alors *incognito*, pour voir l'Angleterre, & ménager ma dépense. Ma femme
cependant, désennuyée par bien du monde, a
doublé sa table : elle a joué : elle m'a presque
entierement ruiné. Revenu de Londres, j'ai
voulu me fâcher ; j'ai dit que j'avois vu des
grands, qui ne dépensoient que les deux tiers
de leurs revenus, & qui n'en étoient pas moins
considérés. On me répond que, si mes égaux
ne diminuent pas leur train, je ne puis dimi-
nuer le mien ; & que le luxe est la mere nourrice de l'état. Quelle nourrice grands Dieux !
je souffre ; j'enrage ; je me desespère ; & je suis
contraint de rire, & de frédonner dans mes
belles voitures..... qui ne m'appartiendront
jamais.

Mes créanciers voudroient m'assaillir. On a
fait la leçon à mon Suisse ; &, pour eux, je ne
suis jamais dans cet hôtel, dont les lambris

dorés me pefent, m'importunent, m'accufent, & font, nuit & jour, les feuls témoins de mes larmes.

Voici, Monfieur, fur nos mœurs, quelques autres réfléxions, qui peut-être font tout auffi vraies :

> L'efprit n'eft plus que la méchanceté,
> Qui pour mieux mordre fe déguife.
> Pour des travers que la mode authorife
> L'Autel du goût eft déferté.
> Tout eft clinquant, frivolité.
> Foible & profcrit, l'amour n'a plus de charmes.
> Dans les mains de Plutus il a remis fes armes.
> Nos théâtres frondent envain
> Des préjugés, confacrés par l'ufage.
> Et tandis qu'en fecret le fage
> De la vertu déplore le deftin,
> Le vice eft décoré d'un précieux butin,
> Qui de fa honte eft le fruit & le gage.

Je fuis Monfieur , &c.

Nous voyons rarement dans nos Provinces des Seigneurs, qui fe trouvent dans le cas de celui, qui pût écrire cette Lettre. C'eft que les nôtres, avec moins de crédit, habitent de pe-tites Villes, où, l'on a, pour fe déranger, moins de motifs, moins d'occafions, moins de moyens; l'on ne peut s'y déguifer aux yeux

défoccupés de fes compatriotes , ni échapper
aux propos des Dames , dont l'affaire la plus
férieufe eft fans doute la connoiſſance du prochain. On craint le qu'en dira-t-on ; & l'on ne
veut point être méſeſtimé du petit nombre de
gens , avec qui l'on eſt contraint de vivre. La
corruption des mœurs eſt toujours en raiſon
de la grandeur des Villes.

Une autre forte de vice , commun aux Pa-
riſiens inſtruits , fouvent agréable , & que
nous n'avons point , c'eſt l'art de railler mé-
chamment , & de ſe moquer des gens , fans
qu'ils paroiſſent avoir le droit de s'en plaindre.
La raillerie vous diront-ils :

> Eſt le plaiſir le plus doux de la vie.
> Elle produit , anime les propos ,
> Les embellit , & les varie ,
> Aux dépens des jaloux , des prudes , & des ſots.
> Une médiſance agréable ,
> Ecartant loin de nous les regards curieux ,
> Les fixe fur le malheureux
> Que notre eſprit méchant accable.
> A l'abri d'un fens fpécieux ,
> Un railleur fin peut-être impitoyable.
> Partout craint , partout defiré ,
> Il recévra dumoins les dehors de l'eſtime ,
> Et ſe verra même admiré
> De celui , qui bientôt deviendra fa victime.

Quel mérite recommandable , & fur-tout dans des grands & des belles , qui abuferoient effrontément de notre politeſſe , obligée de les ménager dans ſes réponſes !

Le Peuple , à Paris , eſt bien éloigné , comme on ſçait , d'avoir de tels défauts. Ils ſuppoſent un eſprit cultivé , enrichi de connoiſſances. Et ce ne ſera jamais le mérite d'un Peuple , qui eſt tout entier à ſon intérêt , uniquement borné aux Arts méchaniques , qui penſe que le bled naît ſur des arbres , le raiſin dans des paniers , la morue dans la ſeine , bon d'ailleurs par caractère , & flateur par cupidité.

Quant à nous , qui n'avons point , pour nous égayer , les reſſources du Pariſien éclairé , nous déchirons , par des médiſances & des calomnies dites cruement , le voiſin , qui nous les rend avec uſure : & ce ſont , trop ſouvent , en nous les fruits d'un zèle faux , ignorant , & coupable. Nous devenons membres de confrairies qui fourniſſent , comme on voit , des ſcènes fort édifiantes. D'ailleurs notre concurrence éternelle pour de petites places , qui ſont les grands objets de notre ambition , nous fait former & entretenir des partis , qui s'animent , s'échauffent , & ſe font continuellement , de bouche , une guerre cruelle & plaiſante.

Le jeu, notre paſſion favorite, fait quelquefois diverſion à nos cabales, à nos tracaſ-
ſeries : mais notre active cupidité le change en
un reméde, pire encore que le mal. Le joueur
de Regnard n'eſt qu'un Caton, ſi l'on le compare à la plupart des nôtres. Meſquinement in-
téreſſés, parce que leur fortune eſt médiocre,
durs, colères, ils ſacrifient tout à leur idole,
qui manque rarement d'entraîner dans les bras
de la miſére tous ceux qui n'ont pas été trop
adroits.

Sortis de là, nous nous occupons enfin,
avec la plus grande importance, de diſputes
frivoles ſur les rangs, les conditions, de pref-
céances, de cérémonies, de petites formalités,
dignes tout au plus d'intéreſſerdes enfans ; nous
nous croyons pourtant hommes & raiſonna-
bles.

SIXIEME LETTRE.
DES BIENSÉANCES
ET DES PROCÉDÉS.

M

Si l'un de nous vivoit feul dans une Ifle in-connue aux autres hommes ; roi de lui-même, & des animaux foibles, il pourroit y fuivre fes penchans, & fatisfaire fes volontés. Mais, vivant avec d'autres êtres, fes femblables, il eft contraint à fe gêner, pour ne pas leur nuire ; fans quoi, ils agiroient avec lui comme il fe comporteroit avec eux : & tous les individus d'une fociété, qui l'imiteroit, fe rendroient réciproquement malheureux. Nous tirons d'ail-leurs d'autres fruits de notre gêne, & de nos bons procédés : nous ferions ridicules ; nous devenons décens. On nous détefteroit ; & nous fommes chéris.

On ne peut dire que les Gaſcons font peu de cas de tels avantages. Peut-être auſſi , négligent-ils un peu trop ce qui doit les produire. Ils ſont généralement courageux , & francs comme ceux qui fondérent ce Royaume ; mais , combien ne doivent-ils pas de défauts , & de chagrins , à leur ignorance , à leur vanité , à leur inquiétude !

La connoiſſance & l'obſervation des bienſéances eſt ce qui diſtingue ſurtout les Peuples policés d'avec les Sauvages , & les Nations , qu'on appelle barbares. La nature nous fait aſſez ſentir ce que nous devons à nos peres , à nos enfans , à nos proches : C'eſt à l'éducation à nous apprendre ce que nous devons au reſte des hommes , qui ſont nos parens , de plus loin : c'eſt enfin notre propre intérêt qui doit nous engager à le pratiquer.

Mais il faut avoir reçu cette premiere éducation , qui dût preſcrire la juſtice , l'humanité , la ſobriété , la patience , le courage ; il faut enſuite que la raiſon & l'étude nous aient fait connoître notre véritable intérêt.

Peres & meres , vous vous plaignez à tort de la plûpart des vices que montrent vos enfans parvenus à l'adoleſcence , lorſqu'entrainés par l'amour d'eux-mêmes, devenus étourdis, vains, orgueilleux, dédaigneux, ils commencent à se rendre à charge à tous ceux qui les environnent. Peres & meres, vous êtes les seuls criminels ; vous avez négligé de donner à vos enfans les principes essentiels de l'éducation, ou de les leur faire donner, si vous n'en étiez point capables. Songez, s'il en est tems encore, à calmer, à détourner un feu, que vous avez laissé allumer, qui va être excité, augmenté par celui des passions, & qui ne peut manquer de devenir funeste à vous mêmes.

Au pis aller, dira-t'on, la raison & les connoissances acquises viendront au secours du jeune homme dont on aura négligé l'enfance. Mais, d'abord, qu'est-ce que la raison ? Je répondrois volontiers : c'est dans l'individu une maniere de sentir & de juger, qui régle équitablement les intérêts réciproques, & les devoirs des membres de la société. Mais, cette maniere de sentir & de juger se trouve t'elle donc dans un grand nombre d'hommes ? n'est-elle pas au contraire, parmi nous, comme le sens commun chose si nécessaire, & si rare ?

Quant aux connoissances, qu'on peut prendre après une premiere éducation, il en est sans doute de deux sortes ; celles qu'on trouve dans les

les Livres , & celles que donnent l'usage du monde , & l'étude de la nature.

Pour acquérir les connoissances qui sont éparses dans les Bibliotéques , il faut en avoir l'envie , le courage , & sçavoir par où commencer. Or l'adolescent , qu'on a laissé vivre d'abord sans principes , dans le desœuvrement & la dissipation , doit détester le travail de l'esprit , & ne doit montrer d'ardeur que pour les nouveaux plaisirs présentés à ses sens. Comment songeroit-il d'ailleurs à pénétrer dans le temple des sciences , si personne , jusques là , ne lui en a bien montré les avenues ?

Il aura même imperitie , même indifférence pour l'étude de la nature , & des hommes. Et s'il la fait enfin en Province , dans la fréquentation de ce qu'on appelle le monde , ce sera tampis pour lui.

Ne soyons donc pas étonnés , mes chers compatriotes , si la plupart d'entre nous se montrent ignorans , & si leur ignorance les rend souvent insociables & ridicules.

J'ai oui dire à des voyageurs : les Dauphinois sont trop fins , les Lyonnois trop riches ; les Provenceaux sont bourrus , les habitans du bas Languedonc intéressés , & ceux du haut trop audacieux , comme ceux de la Gascogne

H

& de la Guiene, qui en outre se distinguent par leur incapacité. Ne devrions-nous pas nous liguer tous, pour faire mentir ces voyageurs?

Mais, si nous aspirons à l'estime de leurs pareils, songeons qu'elle doit dépendre de notre assujettissement aux convenances, duquel la politesse est la pratique, & des bons procédés que nous montrerons.

La Politesse est, à la vérité, un sacrifice continuel de l'amour propre & de l'humeur à la nécessité d'avoir des compagnons. Mes amis, elle rend beaucoup plus qu'elle ne coûte; c'est le voile de nos défauts; c'est le charme & le bien de toute société.

On peut être néanmoins trop poli dans certaines rencontres. Nous faisions autrefois des visites périodiques éternelles; nous donnions aux gens des entorses pour les forcer à sortir avant nous d'une chambre; nous faisions à tout venant des complimens à perte de vue, qui ennuyoient les deux parties; à table, nous contraignions nos convives à gagner des indigestions. Ces procédés ont été supprimés, ou mitigés; & nous n'ennuyons plus que les grands, qui nous forcent de les haranguer.

Le Parisien maintenant est trop poli, d'une autre maniere, & dans d'autres circonstances,

Ses Valets caffent-ils devant vous des criftaux,
des porcelaines, des trumeaux ; il ne dit mot.
Si, dans une foule, il vous touche feulement ;
il vous fait toujours de très humbles excufes. Il
demande mille fois pardon dans un jour. Il prie
les Laquais ; fupplie les Dames. Si, en fa pré-
fence, elles laiffent tomber un bracelet, un
éventail, il y vole ; il les heurte, comme s'il
alloit les tirer du feu, ou de la rivière. Il a
l'honneur d'être, de faluer, de voir, de fou-
haiter, de fuivre, de dire, de boire ; & dans
tout cela, le plus fouvent, il n'a que l'honneur de mentir.

Nous fommes dans nos manieres, plus
francs, plus ingénus, plus naturels. Mais, d'un
autre côté, rien n'eft plus oppofé à *l'efprit de
fociété*, que *l'efprit de nature*. Sourde aux con-
ventions, dédaignant, ou bravant les entraves, elle n'infpire malheureufement à l'homme, & furtout au Gafcon, que le défir du
bien être perfonnel, & une indépendance hautaine, qui fe changeroit en tirannie, fi on lui
en laiffoit le pouvoir.

Ce vice originel dans des hommes, faits
pour vivre enfemble, ne fe montre point à
Paris, où chaque particulier, pour n'être pas
rejeté des fociétés, s'eft fait une étude de

l'art de plaire, où les dehors, quoique fouvent trompeurs, font dumoins agréables, où enfin, comme aux parties de jeu de hazard, & au bal mafqué, chacun oublie, dans les compagnies, fon état, fa condition, fon rang. Chez nous au contraire, on fe fait un point d'honneur bifarre de s'en trop fouvenir partout. L'échelle des conditions y préfente d'ailleurs des échelons fans nombre, qui ne fe rapprochent jamais, & qui cauferont jufqu'à la fin des tems parmi nous des prétentions folles, & des difputes, auffi difparates que ridicules.

On trouve à la vérité dans nos Provinces, comme ailleurs, quelques grands, quelques vrais Seigneurs, à qui nous devons notre refpect & nos hommages. Il fembleroit que le refte des hommes pourroit convenir, de ne plus former, dans les fociétés, que deux divifions, l'une de ceux qui font libres, l'autre de ceux qui fervent. Que de chocs ! Que de querelles n'éviteroit pas un tel préjugé ! il paroît exifter dans les fociétés de la Capitale. Si l'on y démontre des égards particuliers, & diftingués, ils font pour le mérite perfonnel, pour les qualités de l'ame, pour l'efprit & les connoiffances, pour les grands fentimens & les procédés nobles : tout le refte n'eft que l'écorce de l'homme.

Chez nous, l'homme de qualité fe croit ordinairement un Prince. Il dédaigne le gentil'homme, celui-ci l'homme de robe, qui dédaigne le Médecin, & qui, dans nos Villes de Parlement, fe croit même au-deffus de tout. Le membre de la faculté dédaigne le Négociant, lequel méprife le Cultivateur, qui dédaigne à fon tour le fimple Marchand. La gradation des prétentions & des mépris defcend toujours ainfi, de proche en proche, pour finir au fimple payfan, & à l'honnête réparateur de la chauffure humaine.

Nous avons de plus, fans doute, l'article des richeffes, celui des Charges, des Emplois, & les prétentions du Clergé, qui augmentent encore, & entrecoupent merveilleufement la cafcade.

Ce feroit peu, fi une régle générale avoit arrangé dans tous les efprits d'une Province les diftinctions. Mais non ; à ce fujet, chaque Ville, chaque Bourg a fes préjugés particuliers, qu'un nouveau-venu ne peut connoître. L'état qui domine dans un lieu, n'eft quelquefois pas le troifiéme dans un autre ; & plufieurs dégrés s'y trouvent fouvent bouleverfés. Dans ce bel arrangement, tout particulier fe fait une loi & un plaifir d'humilier celui, qu'il croit fon inférieur, & de braver celui, qui penſe être ſon ſupérieur. Quelle ſociété!

Dans tous ces procédés, les Dames, comme de raiſon, ne reſtent point en arrière. Dans nos campagnes ſurtout, la femme de condition appellera toutes les autres, Demoiſelles. A Paris, une Maréchale ne ſonge point à commander des armées : dans nos Villes la Préſidente veut préſider. La Conſeillere donne des conſeils, qu'elle entend bien faire paſſer pour des ordres. Elles ne font point une démarche, elles ne lâchent point, en ſociété, un ſeul mot, qui ne tende à vous ſignifier leurs titres. Changeons de lieu, & deſcendons ; nous verrons la Juge-Mage humiliant ſes clientes ; l'épouſe du Médecin donnera des ordonnances, & l'Avocate, qui ne ſçaura pas lire, de graves déciſions. La Négociante voudra protéger la Marchande ; & celle-ci regardera du haut de ſa petite grandeur la ſimple Marguilliere, qui ne manquera pas de ſe prévaloir des fonctions de Monſieur ſon mari.

Pour les viſites à faire, pour les Lettres, mêmes diſtinctions, mêmes formalités. M. le Baron ſe gardera bien d'aller voir un roturier galant homme, qui aura été lui faire ſa révérence, & qui ſouvent vaudra mieux que lui.

Si ce dernier écrit, on lui accordera rarement la précieuse faveur d'une réponse : & ces procédés, si nobles, si raisonnables, ne manquent point d'être imités & suivis de rang en rang.

O Messieurs, ô Mesdames, en nous croyant meilleurs chrétiens que d'autres, n'oublions dumoins pas si souvent notre commune origine. On sçait que l'un de nos Rois, ayant fait à la chasse une chute, un Gascon, par hazard, se trouva là pour le relever. Le Roi, pour se déterminer sur la sorte de récompense qu'il devoit accorder, demande au Gascon : êtes-vous gentil'homme ? celui-ci répondit : *si nos premiers peres l'étoient.*

On ne voit guere, qu'en Allemagne, l'orgueil, & les prérogatives du rang, bouleverser aussi les fondemens des sociétés. Mais là, ces prétentions, ces chocs n'éxistent dumoins qu'entre les nobles, tous ivres de leurs quartiers, & cautions de la vertu de leurs meres. Là, celui qui coëffe les gens, ne s'avise point de faire sentir sa prééminence à celui qui les chauffe.

Tout homme qui exige tant la considération, fondé sur ses richesses, ou sa place, ou sa naissance, sera toujours soupçonné de n'avoir point d'autres titres.

Ajoutons que , dans bien des pays libres , les droits du ſang ne ſont point un avantage. A Baſle , le gentil'homme ne peut obtenir de charge dans la république , qu'il n'ait renoncé à ſes prérogatives de noble.

Deſcendons maintenant dans d'autres détails ſur les effets que produiſent nos belles idées. Tranſportons-nous dans un appartement , où ſe ſont aſſemblées un grand nombre de perſonnes , des deux ſexes , & de différentes conditions. La gradation des ſiéges , & la contenance de chacun , nous faira certainement connoître les droits auxquels ils prétendent ; que ces perſonnes prennent la parole , ou faſſent des mines , leur ton particulier achevera de nous convaincre. Toute la ſociété parlera d'abord à la fois ; & chacun tâchera d'élever ſa voix au-deſſus de celle du voiſin , parce que ſans doute la bonté du raiſonnement dépend de la force de l'organe. Mais enfin quelques-uns ſe tairont ; alors le plus qualifié ſera celui qui parlera le plus , qui ſe répétera ſans fin , & qui aura avec les autres , le ton le plus dur. Quelqu'un , d'un rang moins éminent , auroit-il des talens , de l'eſprit ; on ne veut point s'en appercevoir : il eſt interrompu cent fois ; & la prétendue dignité des premiers de l'aſ-

semblée lui met un baillon. Voudra-t-il néanmoins insister, & prouver qu'il manque un
peu de justesse dans la décision d'une riche précieuse, ou de quelque Chevalier sans ordre ?
On lui répliquera, par une sorte de sarcasme,
bien pesant, bien impertinent, que la compagnie trouvera tout simple. A Paris, les gens
d'esprit rient aux dépens des sots : en Province,
c'est à peu près le contraire.

Il faut avouer ici, que les ridicules sont
moins communs dans nos grandes Villes, que
dans les autres. C'est qu'on y est plus éclairé ;
c'est qu'on y voit arriver quelquefois de bons
modèles ; c'est qu'on y va souvent à l'une des
meilleures écoles du monde, à la Comédie.
Nos petites Villes en sont privées, parce qu'elles n'ont pas de quoi la payer, & parce qu'il
regne encore parmi certains ignorans des préjugés, qui la proscrivent. O mes amis des
Bourgs & des Villages, apprenez que la Comédie n'est plus ce qu'elle fut : apprenez qu'en
1769, un bon Comédien du Roi, nommé
Lekain, représenta, un certain jour, à Toulouse. Sçachez que le vertueux Cardinal de la
Cerda, Patriarche, & Grand Aumonier du
Roi d'Espagne, lequel passoit ce jour-là, s'em-
pressa d'aller, avec toute sa maison, s'amuser,

& s'inftruire à ce fpectacle moral, qui devroit peut-être effrayer moins vos confciences. C'eft une forte de miroir, tenu par les mains du plaifir & de la décence, dans lequel vous ver- riez les grands fentimens excités, les ridicules frondés, les vices condamnés, les vertus cou- ronnées.

C'eft-là, par exemple, qu'on apprendroit à ne pas vanter exclufivement, à tout propos, fon Village. On y verroit s'il faut répondre poliment, & cathégoriquement aux gens qui nous interrogent. Demandez à un Gafcon, de naiffance médiocre, combien il y a de lieues, de l'endroit que vous quittez, à tel autre : il vous répondra, d'un ton de fauffet, eft-ce que vous ne le fçavez pas ? Mais, Monfieur, y en a-t-il quatre ?..... Eh ! combien donc ?..... Quelle heure eft-il, Monfieur ?..... Eft-ce que je le fçais ?..... Eft-il plus de dix heures ?..... Eh ! pardi ! fans doute. Le Normand ne répond jamais, ni oui, ni non, de peur de dire une vérité ; le Gafcon fait de même, pour donner un tort à celui qui l'interroge.

Ce n'eft pas feulement dans fes réponfes que le Gafcon paroît inquiet, impoli. Celui, ou celle, par exemple, qui domine dans une mai- fon, ne manque jamais de contredire quicon-

que a l'audace de prononcer un avis, ou d'a-
vancer un fait. Or, quand celui qui parloit eft
homme d'honneur, & de bon fens, il eft
clair que l'être contredifant a toujours deux
torts.

Ceux-là font particulierement chez-nous
l'appanage de la vieilleffe. Les vieilles gens,
qui, par un abus d'ufage, y tiennent, pour
ainfi dire, en fervitude leurs grands enfans,
font perfuadés qu'ils fçavent toujours beaucoup
plus que la jeuneffe, & que la force de leur
raifon tient inconteftablement à la datte de leur
baptiftaire.

Quelques Gafcons fe mêlent auffi de railler.
Jufte Ciel, que de délicateffe! quelle légéreté!
l'ignorance, l'efprit, l'humeur produifant ordinairement leurs railleries, il n'eft pas étonnant
qu'elles foient prefque toujours des infultes.
Croyant vous chatouiller, ils vous écorchent.
Ils veulent vous baifer; ils vous mordent.

Je ne ménage pas toujours votre amour propre, mes chers compatriotes; c'eft parce que je
vous aime; c'eft parce que je defirerois que
mes remarques devinfent utiles à nos enfans.

Quand leurs défauts augmentent encore notre
inquiétude, je voudrois que nous modéraffions
notre humeur, & que nous les querellaffions au-

moins, d'une maniere à nous en faire entendre. Notre vivacité nous fait presque toujours parler en figure. Il seroit trop naturel, trop simple de dire à des enfans, ou à des domestiques, qui marchent lentement, ou qui sont mal-adroits, va plus vîte ; prends garde à ce que tu fais ; nous leur disons toujours au contraire : tu te fatiguerois ; tu risquerois de t'incommoder ; va donc plus doucement. Quoi ! tu n'as cassé qu'un verre, une assiéte ! casses-en six, renverse tout, brise tout. Il arrive quelquefois qu'on nous obéit, & que nous en enrageons davantage.

Plusieurs d'entre nous sont redevables à cette même vivacité du bel arrangement des discours qu'ils tiennent. Il faudroit penser, avant de parler ; & quand on parle, achever ses phrases. N'est-il pas singulier, par exemple , d'entendre quelquefois un homme bien né , tenir à son Procureur ce langage ,, je suis venu vous parler de l'affaire..... vous sçavez.... rien de si essentiel ; car..... hier mon cousin me dit que j'avois raison , & que..... ah ! jugez si je veux..... dut-il ne pas me rester..... agissons, Monsieur, agissons. Il est clair que... oh ! surement il me le payera.

Il faut deviner que cet homme a voulu dire ,,
je

,, je suis venu vous parler du Procès que j'ai
mis entre vos mains : il eſt pour moi de la plus
grande conſéquence. Mon couſin, qui eſt Avocat, me dit hier que je ne pouvois pas le perdre, & qu'il en couteroit beaucoup à ma partie. Jugez de là ſi je veux pourſuivre ; dût-il
ne pas me reſter un ſol, agiſſons, Monſieur,
agiſſons. Il eſt clair que ce ſera pour mon
avantage, & j'ai d'ailleurs à me venger.

Quelle pétulance dans ces Gaſcons, qui,
convaincus de leur intelligence tranſcendante,
veulent toujours achever le ſens de vos diſcours ! ils prétendent vous deviner à demi
mot ; & ils vous coupent net la parole, pour
ajouter à vos tronçons de phraſes, des mots,
qui expriment juſtement tout le contraire de
ce que vous aviez à leur dire ,,. Hier, Madame,
je jouai..... à la paume ? Non, Madame, au
cavaignol, avec votre mari, qui vient de bien
juger..... un Procès ? Non Madame, une piéce
de théâtre nouvelle..... de Voltaire ?..... Non
Madame, d'un jeune Auteur de Toulouſe. Il
vient de la lire..... aux Actionnaires ?..... Non
Madame, à la ſociété de la Baronne, qui l'a
trouvée..... déteſtable ?..... Non Madame, &
l'on eſpere qu'elle pourra vous faire quelque
plaiſir.

L'Espagne nous a fourni d'autres ridicules ; celui, par exemple, de vouloir toujours expliquer, & pésamment commenter un trait d'esprit entendu, & cette autre manie d'user à tout instant de proverbes. Ils sont ordinairement bons ; mais, pourquoi les dire à gens, qui les sçavent aussi bien que nous ? Nos propos en deviennent fastidieux. D'ailleurs, celui, qui se sert toujours ainsi du langage d'autrui, peut se vanter qu'il fournit la meilleure des preuves de l'imagination la plus stérile.

Si l'un de nous s'avise de raconter une action, qui soit à son avantage, & qu'il s'entende louer, il sera certainement trompé. Un autre de la compagnie ne manquera pas de répondre : nous avons vû mieux que cela ; ou ; Monsieur tel, mort depuis dix années, se trouva un jour dans une affaire bien plus glorieuse ; & l'historiette vient à l'appui de l'assertion, pour décontenancer le premier conteur ; lequel se tait, à la grande satisfaction de l'auditoire. Il pourroit pourtant bien répliquer en ces termes : je vous demande pardon, Messieurs & Dames, de ce que ma narration sincere a blessé votre amour propre, par la petite gloire qui devoit m'en revenir. J'ai eu tort de la faire devant des Auditeurs tels que vous. Mais d'ailleurs, je n'ai, ni avancé, ni prétendu qu'il n'y eut de plus belles actions que la mienne dans le monde, ou dans les histoires, ou dans les contes.

Quant aux talens, & à tels autres avantages de tout genre, que vous puissiez posseder; vous serez toujours traité de même dans les sociétés gasconnes, soit que vous en parliez, soit qu'on en parle devant vous. D'abord, quelqu'un de la compagnie aura connu un personnage, qui vous surpassoit, & son envie mal-adroite ne manquera jamais, pour vous mortifier, d'en dépeindre, & d'en exagérer le mérite.

Si vous vous êtes laissé tomber au bord d'une Riviere, sur un Rocher, qui vous ait fait une grande blessure à la tête, plaignez-vous en; l'on vous répondra que vous êtes trop heureux de ne vous être pas noyé.

Avec ces façons d'agir sociables, ces rares qualités, ces beaux préjugés, comment voudroit-on qu'un Gascon pût percer à Paris dans ce qu'on appelle la bonne compagnie, qui abhorre sur toutes choses les Etres tourmentans? S'il y pénétre, s'il y veut être supporté, il faudra qu'il se taise trois mois, qu'il réfléchisse, qu'il imite, qu'il se donne, en un

mot, une nouvelle éducation. Encore, fa manie de parler à tout venant de fes affaires, fes
hyperboles de vanité, appellées gafconades,
fes fautes de langage, fon accent, & les petites vues auxquelles il aura été borné jufques-
là, feront très-longtems de grands obftacles
au deffein qu'il pourroit avoir de parvenir.

En ceci pourtant, nos Dames ont beaucoup
moins de peine que les Hommes. Celles qui
vont jufqu'à Paris, font ordinairement jolies.
On aime d'ailleurs en elles un accent, qui
femble fingulier, un langage, des façons, qui
leur donnent le mérite de paroître étrangeres;
& ce font autant de Véhicules pour les amours
de la Capitale, qui trop fouvent en ont befoin.

Enfin, il faut ajouter que les bonnes qualités, & les defauts même des Gafcons, en
feront toujours de bons Patriotes, de bons
Officiers, & des Soldats encore meilleurs. La
fubordination & la difcipline les retenant dans
l'ordre, ils ont ordinairement, de plus que
bien d'autres, la bravoure, & de hauts fentimens, qui dans la fortune la plus médiocre,
& les occurences les plus critiques, les préfer-
vent de faire des baffeffes. Tous les grands
hommes dépeints par Corneille, femblent être
nés en Gafcogne : le bon, l'amoureux, le vail-
lant Henri IV. ne fut qu'un Héros Gafcon.

SEPTIEME LETTRE.

DU PRIX DE CERTAINS HOMMES.

M

Le plus grand mérite eſt ſans doute le plus parfait compoſé du mérite naturel, & du mérite acquis. Il ſeroit la réunion, dans la même perſonne, de la beauté, de l'eſprit, du ſçavoir, & de la vertu. Maïs, quoique, dans ce ſiécle, nous ayons le droit d'être difficiles, nous devons peut-être notre eſtime, & même notre admiration, à bien des gens, qui ne poſſedent que quelques parties de ces grands avantages.

Si l'on réconnoît dans notre ame la bonté, le ſentiment, la ſageſſe; ſi notre eſprit voit avec néteté, compare avec juſteſſe, imagine avec force; ſi notre corps offre aux yeux une belle conformation, de la vigueur, des graces, de l'agilité, de la ſoupleſſe; on nous

I iij

réfuseroit envain le mérite naturel. Or, mes chers compatriotes, ce bien si desirable, si précieux, est l'appanage de la moitié des Gascons.

Mais, possédant le plus beau des diamans bruts, nous négligeons, presque tous, de le faire tailler. Une mauvaise éducation, notre indolence, notre ignorance volontaire, nous livrent à mille faux préjugés, qui pervertissent en nous les dons de la nature : & nous voila bientôt plus condamnables, plus ridicules, plus malheureux, que si cette tendre mere nous eût traités en marâtre.

Quelle différence dans la plupart des habitans de la Capitale! Quoique, à certains égards, l'éducation y soit négligée, elle y est infiniment plus parfaite qu'en Province. De bons instituteurs, bien payés, éclairent, dirigent l'enfance de leurs pupiles, les arrachent à la paresse, leur inspirent l'amour de l'étude, les éloignent du vice, les tournent à la vertu. Le jeune homme, sorti de leurs mains, est ensuite livré à d'habiles gouverneurs, qui ordinairement perfectionnent ses talens, lui font connoître le monde, & le guident à travers des précipices, semés de fleurs & de poisons.

Le fruit de tant de soins est merveilleux,

quand les frivoles caprices des peres, & l'aveugle condefcendance des meres n'ont point contrarié la bonne volonté des maîtres donnés aux enfans.

De-là, dans le Parifien, les talens les plus médiocres brillent ; & il doit naturellement éclipfer, dans toutes les places, l'homme, même de génie, né dans nos Provinces, quand on aura laiffé perdre, avec fa jeuneffe, fes heureufes difpofitions.

D'un autre côté pourtant, ces favoris de la fortune, qu'on a protégés fans raifon, & qu'on vante de même, prennent fouvent le foin de venger, par leurs fotifes, tous ceux auxquels ils furent préférés. Ils triomphoient, ils s'élevoient tant qu'ils portoient le mafque : une circonftance l'a fait tomber ; l'homme s'eft montré ; & celui qu'on croyoit capable de faire agir feul la grande machine de l'Etat, paroît tout-à-coup indigne d'en monter le moindre reffort.

Dans les poftes fubalternes, mêmes inconveniens, & mêmes réfultats. L'habitant de la Capitale, tant accufé d'être frivole, l'eft prefque toujours en effet dans le choix des fujets qu'il employe. Tranchons le mot ; c'eft que les Dames, dont en général la nature fit des Graces, & non pas des Catons, influent peut-être un peu trop fur la diftribution de certaines places. Il eft tout fimple qu'elles eftiment & protégent dans notre fexe les qualités , qui font l'agrément du leur. Tel homme qui fçaura bien chanter, bien danfer, peut-il n'être pas propre aux affaires les plus intéreffantes ! tel autre a des lumières , de l'expérience , de là probité ; mais il eft fi gauche aux toilettes ! il tourne fi mal un couplet ! de-là tant d'hommes bien placés , qui poffedent tout , excepté le mérite de leur état.

Que le Gafcon foit donc moins étonné, fi, manquant ordinairement de qualités purement agréables, il fe voit fouvent fupplanté par des protégés de Paris. Il eft bien des cas dans la vie, où l'on doit fe féliciter d'un malheur. Il vaut mieux mériter, & n'obtenir pas, qu'obtenir fans mérite. Pour nous acquitter envers la fociété, rendons-nous dignes d'y occuper quelque emploi diftingué ; s'il ne nous eft pas confié, ce fera tampis pour elle.

Le jeune de Ligni , fils d'un millionaire, a traverfé comme la foudre, dans un équipage tranfparent, le vieux Pont-neuf & les Quais. Sorti de deux fpectacles, il entre aux Thuileries, pour achever fon rôle du jour. Effleurant

la terre, fous fes jarrets tendus, les épaules
hautes, les coudes en arrière, le menton en-
foncé, fouriant comme *Molé*, faluant comme
Veftris, il aborde en trois minutes cinq ou
fix compagnies. Il leur fait admirer en détail
fon habit d'argent, brodé en or, rehauffé de
paillettes, fes dentelles d'Angleterre, fa taba-
tiere à portraits, fa petite montre enrichie de
brillans, fon gros diamant, & fes breloques.
Il peut s'en retourner ; on a vu fon mérite.

Tâchons d'en montrer à moins de frais, &
qui vaille davantage.

Excitons notre ame aux vertus ; & qu'elle les
pratique. Si la fortune le permet, cultivons,
nourriffons notre efprit, & qu'il produife.
Nous fommes fûrs de recueillir l'eftime des
honnêtes-gens, & quelques palmes de la gloire.

Dans les Arts d'immagination, tels que l'é-
loquence & la poéfie, bravons, furmontons
les obftacles. Et qu'un ancien préjugé vulgaire,
dont je vais parler, ne nous arrête point dans
notre courfe. Vos Juges, vos adverfaires, vos
amis, tous vous diront d'une voix : fi vous
n'êtes point capable de monter à la cime du
Parnaffe, vous tomberez au pied, dans fes
bourbiers ; vous devez exciter l'admiration la
plus haute, ou mériter le mépris ; nouriflon

des mufes, foyez fublime, ou taifez-vous.
Vain épouvantail! vaines menaces, faites &
confacrées par l'envie & la mauvaife foi! en
éloquence, & même en poéfie, le mérite a
plufieurs degrés, comme dans les autres Arts.
Heureux fans doute le génie qui peut atteindre au premier; mais celui là eft heureux encore, qui monte, & brille au-deffous.

Eh! que devrait importer à un Auteur,
qu'on lui tînt de tels difcours, pour le mortifier, ou le décourager, ou pour tâcher de
lui faire méconnoître fon prix! il fçauroit,
qu'à chaque inftant, tout homme de bonne
foi peut, pour ainfi dire, pefer & calculer
fon mérite. Et voici, felon moi, quelles feroient, à peu-près, les données & les conditions d'un tel problême.

Tant de fujets, depuis trente ans, ont peu-
plé les Colléges & les Univerfités de l'Europe,
ou feulement de la France.

De cette quantité, un tel nombre, par l'ai-
fance dont ils jouiffoient, auroient pû fuivre
la carriere des Arts.

Un tel nombre a fuivi celle de Licandre, ce
qui eft prouvé par la lifte de toutes les Académies, & des Auteurs, qui ont produit des
ouvrages de fon genre.

Dans un tel nombre d'ouvrages, qui ont eu tel fuccès, Licandre en a fait une telle quantité, dont le fuccès fut tel.

De plus, dans les ouvrges de Licandre, il a paru qu'outre fon art, il poffede, à tel dégré, telle & telle fcience, &c.

N'eft-il pas clair & prouvé, qu'indépendamment de toute prévention, & de tout axiome, on trouveroit ainfi fur combien d'hommes l'emporte Licandre, & que la folution du problême préfenteroit fon mérite réel ?

Toutefois, calcul fait, ce mérite pourroit paroître nul, Licandre fût-il de dix Académies.

Toute place dans ces Corps refpectables eft fans doute l'enfeigne du fçavoir, des talens : mais, tant de Marchands ont des denrées défectueufes ! tant d'autres en ont fi peu !

En fuivant mon idée, quelqu'un pourroit entreprendre de donner au public, tous les dix ans, une table à colonnes du mérite & du prix des Auteurs François : fi les autres nations adoptoient cette pratique, on parviendroit à poffêder une Table générale, affez curieufe, qui feroit quelques mécontens.

Paffons à une autre forte de mérite. Les faux grands, on l'a dit, paroiffent hautains, dé-

daigneux. Sentant leur foiblesse, ils croient en
impoler par ces déhors ; & peut-être ne se
trompent-ils pas, quant aux trois quarts des
hommes. Nos Princes au contraire sont doux,
populaires. Leur noble politesse, leur affabi-
lité, leur bonté se montrent dans toutes les
occasions. Sans rien perdre de leur dignité, ils
accueillent, ils préviennent des inférieurs, qui
les respectent & les chérissent. Dans de mal-
heureuses circonstances, leur refus même sont
agréables ; que ne doivent pas être leurs bienfaits ? Vous, que l'on compte dans le nombre
des grands de nos Provinces, & qui nous
vexez par vos hauteurs, & votre morgue ridicule, songez donc quelquefois à votre véritable intérêt ; & n'oubliez pas toujours ces
bons modèles.

Paris peut aussi nous en fournir dans des
conditions moins éminentes, & rien n'est
plus naturel dans un siécle, où la saine Philosophie a fait tant de progrès.

Vous avez peut-être oui dire trop de bien
& trop de mal, des effets qu'a produits dans
la Capitale cette souveraine des esprits, tant
adorée, tant combatue.

Le nom de la Philosophie signifie amour
de la sagesse. Aussi, tient-elle, d'une main

cette

cette divinité févère, & favorable : dans l'autre brille fon flambeau. A travers de nuages,
qui fe diffipent, elles entrevoient la vérité,
qu'elles font prêtes d'atteindre. En même tems,
elles nous appellent ; & la lumière du flambeau fait évanouir, entre elles & nous, mille
fantômes vains, qui s'éforçoient à nous dérober leurs traces.

Dans ce tableau allégorique, les nuages,
qui couvrent & laiffent entrevoir la vérité,
feront les fiftêmes des Philofophes anciens, &
même un peu ceux des modernes. On conçoit
que la prévention, les préjugés, les paffions y
font figurés par ces fantômes, qui cherchent
fans ceffe à nous éloigner de la raifon, & des
fciences.

Quoiqu'il en foit, bien des gens ne veulent
point penfer encore que nos nouveaux Philofophes n'aient combatu que des erreurs, qu'ils
nous aient toujours montré la lumière pure,
&, qu'en un mot, il ne refte rien à defirer
quand on a lu leurs ouvrages. Mais auffi,
comment ne pas reconnoître le grand mérite
de la plupart d'entr'eux, dans leurs bonnes
mœurs, injuftement attaquées, dans leurs rares
talens, & furtout dans les fruits merveilleux,
que prefque toute l'Europe a retiré de leurs
veilles ?   K

Mais, c'eft principalement à Paris que ces grands effets fe reconnoiffent. Nos bons vieillards étonnés, croient s'y trouver dans un monde nouveau. Tout homme mûr, d'une condition honnête, y paroît éclairé, jufte, décent, affable, tolérant. Le militaire y lit Vauban & Deflandes. L'homme de robe y approfondit Montefquieu & l'Enciclopédie. Le Financier, devenu honnête, bienfaifant, y poffède, à la fois, Labruyere, Barême, Voltaire; & les Dames fouvent y font les émules des hommes.

Londres avoit précédé Paris; l'Allemagne & le Nord l'imitent: pourquoi, nous autres Gafcons, voudrions-nous refter en arrière, & nous obftiner à nous croire encore dans l'an mille fept cens?

Heureufement, la difpofition des chofes femble promettre le contraire. La lumière & la raifon fe répandent de proche en proche. Nous avons prefque tous l'efprit de notre état; &, c'eft à le remplir, que nous faifons confifter notre gloire. Nos grandes Villes font policées. Nous haïffons moins ceux qui, en fait de religion, ne penfent pas comme nous. Nos jeunes gens lifent. Nos Dames réfléchiffent. Malgré leurs fautes de langage, nos Gref-

fiers mêmes deviennent éloquens. Et la superf-
tition, qui s'étoit réfugiée dans certaines cérémonies Religieuses de Perpignan, vient enfin
d'être contrainte à passer les Pirénées.

HUITIEME LETTRE.

DE QUELQUES PLAISIRS.

M

On defire affez peu ce qu'on ne connoît guère. L'homme d'ailleurs eft conftitué de façon, que les lieux où il eft né, fuffent-ils horribles, lui paroiffent plus agréables que d'autres lieux faits pour charmer. Nous pouvons donc être heureux, quoique éloignés de Paris.

Il eft des plaifirs pour les fens, pour l'efprit, pour le cœur : il en eft de plus doux encore ; nés des fenfations & du fentiment, ils fatisfont à la fois le corps & l'ame.

Et d'abord, que de plaifir ne devons nous point à ces fens maudits !

Les couleurs vives plaifent à l'œil ; mais elles le fatigueroient à la longue : le verd fait fur la rétine une impreffion plus douce, plus agréa-

ble ; la bienfaifante nature nous l'offre de toutes parts. Elle éloigne de nous les couleurs
brunes, toujours triftes ; & pour éclaircir les
ténèbres de la nuit, néceſſaire au monde, elle
les a femées de flambeaux brillans. Que le Soleil
reparoiſſe je vois un nouvel Univers. Les belles
dimentions me frappent ; je me plais dans la
variété ; j'admire la grandeur. Quels tableaux
dans ces campagnes ! quel contrafte dans cette
vafte Mer ! Ici, la terre couverte de fruits, de
moiffons, d'arbres touffus, eft coupée par un
grand fleuve, nourri de cent ruiffeaux, qui,
ferpentant fur fes flancs, defcendent lentement
des colines. Là, des gouffres profonds le re-
çoivent, & le repouffent. A fes côtés, devant
lui, mille monts tranfparens, & roulans, fe
fuyent, s'entrechoquent, fe brifent, s'anéan-
tiffent, renaiffent, & fe couronnent d'écume.
Quittez ces bords ; volez autour de Paris : que
de tableaux, prefque autant agréables, y font
fortis, à chaque pas, des mains de l'Art ! &
combien de belles enfin fe promenent dans ces
endroits délicieux !

Vous les avez vues ; elles ont charmé vos
yeux : écoutez-les ; elles enchanteront votre
oreille. Ecoutez auffi le ferin dépaïfé, le roffignol fi tendre. Mais dans Paris, l'Opéra &

ſon jeune rival promettent à votre ouïe des bien plus grandes merveilles.

Ici, comme dans la Capitale, ſoyez inſenſible, ſi vous le pouvez, aux parfums des fruits & des fleurs. Quelquefois ils s'exhaleroient en pure perte; l'Art les fixe, & les réunit dans l'eſprit du raiſin. Arroſez légérement de ce doux mêlange votre linge, vos vêtemens : au milieu même des hivers, vous vous croirez dans un parterre fleuri. L'abeille étonnée vous prendra pour un amas de roſes.

Que de délices pour le goût dans nos mets, dans nos fruits, dans les liqueurs qu'on ſçut en extraire ! Ah ! que l'apétit & la ſoif, produits par une privation momentanée, les rendent encore meilleurs ; & que ſouvent cette peine légère précéde & double nos plaiſirs !

Le ſens du toucher nous en procure bien d'autres. Mais qu'ai-je à faire ici d'en tracer une eſquiſſe ; il faut ſurtout les ſentir. De loin, les objets ont beau nous plaire ; nous avons beau penſer qu'ils ſont en notre pouvoir ; c'eſt peut-être hélas ! un vain ſonge. Qu'importe, mes amis, éveillons-nous, touchons-les ; & nous ſerons ſurs d'en jouir ; heureux qui peut, près de Clhoé, faire évanouir ſes doutes !

Mais malheur à celui, qui goûte rarement

les plaifirs de l'efprit. Ah ! qu'il mérite bien
qu'un ennui rongeur le fuive en tous lieux, le
puniffe , & le deffeche ! la même nature qui
nous donna des organes pour voir, pour entendre , pour flairer , pour goûter, pour toucher , *nous en a fait d'intérieurs* pour penfer.
Les uns & les autres s'engourdiffent dans l'i-
naction ; un exercice modéré les entretient , les
ranime , & produit en nous le plaifir : y a-t-il
à balancer fur l'emploi qu'il nous refte à faire
de notre tête ? Lifons les anciens , les modernes. Réfléchiffons avec les Auteurs dogmati-
ques ; que les moraliftes réglent nos mœurs ;
que les Orateurs nous inftruifent, nous émeuvent ; que les Poëtes nous tranfportent ; & , fi
la nature le permit , élançons-nous fur leurs
traces , pour les attendre , ou les dévancer.

Qui peut être affez infortuné , pour n'avoir
pas fenti les plaifirs du cœur, tantôt dans la
compaffion , tantôt dans la bienfaifance , dans
l'amitié , dans l'amour ! mais , une vertu rare
feroit une compaffion fans orgueil , une bienfaifance fans vanité , une amitié fans intérêt ,
un amour fans perfidie. Deux autres fentimens
la haine, l'envie font triftes & funeftes : fi nous
nous fommes livrés à ces furies , tâchons de
les étouffer. Et que la Loi , qui prend notre

défense, nous délivre toujours de cet autre plaisir cruel, appellé la vengeance.

Mais, que le plaisir est enchanteur lorsqu'il satisfait, à la fois, le cœur & les sens! la félicité, s'il en est sur la terre, seroit sans doute l'apanage de celui, qui sçauroit en jouir souvent. Désirable émotion, volupté tendre & pure, les cœurs vraiment sensibles, les hommes bien organisés vous trouvent en tant d'occasions, vous goûtent en tant de manieres! ils n'ont point de légère sensation, qui ne retentisse, pour ainsi dire, dans toute l'étendue de leur ame. L'homme ordinairement est à peine effleuré par un plaisir, dont ils tressaillent. A leurs yeux, la nature est le Jardin d'Eden; l'excès est leur fruit défendu : &, c'est toujours avec transport, qu'ils jouissent du reste. Que de charmes pour eux dans les spectacles qu'offre l'Univers, dans la promenade, la chasse, la danse, dans ces jeux publics & pompeux, où les talens se déploient, & que la beauté pare! qu'ils en trouvent enfin dans les preuves, non équivoques, d'un amour mutuel & passionné!

De tant de plaisirs, quels sont ceux dont jouit la Capitale, & desquels nous sommes privés? Quels sont les plaisirs, qu'elle goûte mieux que nous ? Et quels font ceux enfin, dont nous jouiſſons mieux qu'elle ? Vaſte cahos, où je vais tourner un moment vos regards ſur quelques objets qui frappent.

Une Ville, immenſe, telle que Paris, n'eſt pour bien des gens, qu'une grande priſon. Je parle de ces amans de la belle nature, auxquels la fortune ne permit pas d'employer chaque jour, pour faire trois lieues, un cabinet mobile & ſuſpendu, mené par un homme & deux chevaux. Encore, l'Art, qui triomphe dans la Capitale, s'eſt ſi bien emparé des dehors, qu'il faut, en partant du centre, faire ſouvent plus de chemin pour parvenir à reconnoître la terre.

Mais juſte ciel ! que cet Art a rendu agréable une telle priſon ! ici le pinceau tombe de ma main : on a tant vû Paris ! on a fait tant de deſcriptions des beautés qu'il renferme !

Les plus petits bourgeois y jouiſſent dans leurs demeures, de plus d'aiſances, de commodités, qu'on n'en trouve dans nos beaux châteaux ; &, chez tous ceux d'un rang moins inférieur, on voit regner, outre ces avantages, la propreté, le goût, la magnificence.

On ſçait qu'à Paris les maiſons ordinaires ſont fort élevées, & que ſouvent le même toît couvre à la fois vingt familles. Les étages bas ; étant les plus parés, les plus chers, ils contiennent, comme de raison, les habitans les plus favorisés de la fortune, & les moins occupés. La médiocrité, le travail s'approchent plus du Ciel. Et le besoin, avec l'espoir, vont se cacher gaiement sous l'ardoise.

On sçait aussi quelle pompe y distingue les demeures des riches. Une ou deux grandes cours, qu'embrassent deux aîles ; un grand corps de bâtiment, deux donjons, un vaste parterre : que de logements, que de place pour un corps de cinq pieds ! il est vrai que cet homme, pour ne pas se servir de ses membres, loge une multitude d'autres hommes, qui lui sont presque tous inutiles.

L'on sort de ces palais, tout brillans d'or & de cristaux, pour voler à des Jardins publics, qui font l'admiration de l'Europe. Là, des tapis de gazon entourent des fleurs, qui parfument l'air. Ici, l'onde jaillit ; &, sous des figures groupées, le marbre est animé. Plus loin l'ombre & la fraicheur sont descendues sous des longues voutes de verdure ; & là, le zéphir embaumé caresse le François, qui lui ressemble & que l'habitude de jouir rend trop souvent insensible à tant de délices.

O mes amis des petites Villes, où font nos parcs & nos Palais ? Par amour propre, ne les dépeignons point. Je dois pourtant vous féliciter d'une chofe, c'eft de n'avoir pas voyagé. Mais, fi nos demeures font petites, mal diftribuées, mal faines; fi, dans nos petits Jardins arides, la rofe & l'œillet rougiffent de fe voir étouffés par le chou; tâchons de les quitter dès le printems, pour aller jouir de nos maifons de campagne. C'eft de-là, que, fans gafconade, nous pourrons peut-être à notre tour, nous mocquer des habitans de Paris.

Le choix de vos peres a placé votre maifonnette fur le penchant d'une coline ombragée. Le Soleil a paru; fortez des bras du fommeil. Votre vue tombe d'abord, en plongeant, fur un verger tout couvert de fleurs diverfifiées : l'aurore les a femées de faphirs. Leurs douces odeurs, qui s'élevent dans l'air, font accourir la vigilante Abeille : elle erre; elle bourdonne; elle vous pille, pour vous enrichir. Vous voyez au-deflous, des prairies émaillées, qu'arrofent plufieurs ruiffeaux. Ils ferpentent. Ils roulent lentement fur les cailloux leur onde tranfparente. Leur gazouillement accompagne le chant du Roffignol, perché fur le peuplier, qui deffine leur route. Là, le mouton bêlant, les tendres agneaux qui bondiſſent, ſont menés par une jeune bergere, qu'amuſe le flageolet de ſon ami. A côté vos bœufs peſans & leſtes, attelés à leur charrues, ſont excités par la voix du Laboureur qui les ſuit. Rempliſſant l'air de leurs mugiſſemens, battant leurs flancs de leur queue, fiers d'être néceſſaires, ils tracent de pénibles ſillons, où doit germer votre fortune. Plus loin, un doux zéphir agite vos abondantes moiſſons, encore vertes, & qui ne trahiront pas votre eſpoir. La Perdrix, ſur ce côteau, ſe fait entendre dans nos vignes ; & cette côte eſcarpée eſt couronnée par vos bois.

Que vos regards s'étendent au-delà de vos poſſeſſions : qu'ils percent dans ce vallon riant, à travers de ces montagnes. Parées auſſi de moiſſons, coupées par mille ruiſſeaux, elles élèvent, loin de vous, leurs têtes ſourcilleuſes. Quelques nuages légers, tranſportés par les vents, y font varier l'ombre & la lumière. Elles cachent dans leurs flancs des hameaux, où regne le bonheur. Vous voyez ſur leurs cimes de hautes tours, de vieux châteaux, qui ſer-voient à nos anciennes guerres inteſtines. Puiſ-ſent la paix & la raiſon les rendre à jamais inu-tiles ! enfin, au-deſſus de ces monts paroiſſent les Pirenées. Aſyle & ſéjour des orages, bat-
tues

tues vainement de la grêle, bravant & repouf-
fant le tonnerre, qu'elles ont produit, elles
vont porter dans les Cieux leurs fronts majef-
tueux, tranquilles, éternellement hériffés de
glaces & de frimats.

Sous un beau ciel, dans nos climats tem-
pérés, ces tableaux, & tant d'autres de la
même forte, diverfifiés, multipliés, valent
bien fans doute, durant trois faifons de l'année, ceux que peut préfenter la Capitale. Et,
en effet, le gout même des riches & des grands
de Paris juftifie cette opinion. Dèfque le Soleil
ranime la terre, engourdie par les aquilons;
dèfque la féve, remontant des racines, tra-
vaille à faire reparoître dans les campagnes la
verdure, les fleurs & les fruits; l'ennui, le
befoin de jouir de tant de merveilles, les chaf-
fent de deffous leurs lambris. Ils défertent la
Ville, & volent dans les champs, pour s'y
raffafier de nos fpectacles. Mais, quand le trifte
hiver vient, fi je l'ofe dire, rendre la nature
au cahos, heureux & cent fois heureux qui
peut, comme eux, revoler vers la Capitale!

Là, dans la même journée, bain tiéde,
exercices agréables, bonne compagnie, feftins
fomptueux, jeux de toutes les fortes. Voulez-
vous de ceux de hazard? Vous pouvez aller,

L

à coup fur, chez la plus part des gens qui les
défendent. Si vous vous plaifez à la promenade, courez aux Boulevards, au Cours, au
Bois de Boulogne ; mille équipages, fur trois
files, vous offriront des couples fortunés, &
des belles, fans nombre, couvertes d'or &
de pierreries. Sur le foir, quelque ouvrage
nouveau vous attire aux Salles de Spectacle.
Là, les meilleurs Acteurs du Monde vont vous
attendrir, vous égayer, vous apprendre à vous
connoître : ailleurs, la poéfie, le chant, la
danfe, la magie des décorations & des ma-
chines fe réuniffent pour vous charmer. Vous
étiez près de Délie ; fortez & volez avec elle à
des Spectacles de feux, qui vont embrafer l'At-
mofphère. Suivez encore Délie jufques dans fa
petite maifon.

Hors de la Ville, loin du bruit, ici tout eft
commode, agréable, galant. C'eft le boudoir
des Graces, de Flore, de l'Amour. Deux petits
appartemens, l'un en citron, l'autre en rofe,
vous préfentent des meubles, où refpire la volupté. Ils font accompagnés de jolies eftampes,
& de quelques tableaux de *Boucher*. Vous fou-
perez dans le petit falion mitoyen, à la lumiere
de trente bougies, répétées & multipliées par
dix trumeaux. D'un côté, deux portes vitrées

donnent fur un petit parterre, arrofé d'un jet-
d'eau : entre-deux, fur une table d'albâtre,
vous voyez un amas de brochures, quelques
papiers de mufique, une guittarre, un mafque, & *Montefquieu*. De l'autre côté, vis-à-
vis, eft une petite alcove, que couronnent des
guirlandes de fleurs d'Italie, & que dérobe
aux yeux une gaze légere. Tirez la gaze : quel
azile ! le duvet, l'edredon gonflent ce canapé
lilla, fans doffier, d'où pendent, à feftons,
l'argent & les paillettes. Regardez devant-vous,
à gauche, à droite, & deffus, & deffous ; ce
font partout des glaces, favorables aux appas
qui doivent s'y mirer.....

Minuit eft déjà loin, deux heures fe font
entendre : tandis que votre char fe prépare,
voilà Délie en Nymphe & vous en Domino
galant. Defcendez, & courez enfin au bal de
l'Opéra.

Il eft fans doute trop connu, pour que je
fonge à le dépeindre.

Mais maintenant, mes chers compatriotes,
comparez de telles journées à celles que nous
paffons dans nos réduits.

Vous vous levez, tranfis de froid. Vous allez
vous pofter dans une falle, mal fermée, près
d'un grand feu, dont la fumée étouffe *les gens*.

D'un autre côté, vous *brûlez vos jambes*, &
vous *vous glacez* de l'autre. Quelques voisins
paroissent. Pour épargner le thé, vous buvez
ensemble l'infusion de quelque herbe insipide,
qu'on vante à juste titre, car elle est du cru.
On raisonne. On crie. On traite des grands
intérêts de la Ville : il s'agit de nommer des
Consuls, un Greffier. Vous sçavez que le Sei-
gneur ou Juge-Mage a jetté les yeux sur telles
personnes ; il faut, pour le bien de l'Etat, se
liguer contr'elles, & contre lui. D'ailleurs,
à telle cérémonie, tel Avocat n'avoit point une
chévelure assez longue ; tel Procureur a mar-
ché deux pas avant son rang ; tel Magistrat,
pour *prier à souper*, n'a pas montré assez de
modestie dans ses paroles ; il faut agir ; il faut
remédier à tant d'abus intolérables. On quitte
ces sujets intéressants, pour délibérer sur un
autre : vous êtes possesseur de quelques champs ;
le Ciel est trop serain ; vous proposez qu'on
aille demander *aux Grands-Vicaires de la
pluie*. Votre avis paroît d'abord excellent ; mais
un quidam de l'assemblée, qui a des laines à
sécher, prétend au contraire qu'il faut demander du beau tems. Il séduit quelques camarades ;
les avis se partagent ; on dispute ; on s'aigrit ;
On se dit de gros mots : & l'on se quitte, dans

la dure néceffité de laifler agir la nature.

La cloche vous appelle au Temple. Vous y courez, pour prier longuement & fonger à vos affaires. Vous revenez ; vous querellez vos domeftiques, vos enfans, votre femme ; & vous vous mettez à table. Là, que de viandes ! que de ragouts !

On dit qu'un jour, certain voyageur confidéroit, dans une Ville d'Efpagne, un Pont vafte, magnifique, conftruit fur la plus petite des Rivières. Un habitant lui demanda ce qu'il penfoit d'un tel ouvrage. Je penfe, répondit le voyageur, que vous dévriez vendre la moitié de ce Pont pour acheter de l'eau. Ne pourroit-on pas nous dire aufli : vendez la moitié de ces viandes, pour acheter un bon Cuifinier ?

Nous voilà dans l'après-dînée. L'aîné de la maifon, s'il a un fief & des chiens, va faire deux lieues, pour ne pas trouver un liévre. Qu'on arrange vîte ces fauteuils, ces chaifes ; nous allons recevoir de longues vifites, durant lefquelles nous ferons autant ennuyés qu'ennuyeux. On fait enfin approcher des tables, & l'on joue. Merveilleufe reffource pour les provinciaux. Sans ce jeu, qui ruine, quand il ne fait point bailler, de quoi s'occuper ? Et que

L iij

fe diroit-on ? mais, les gazettes arrivent : il
faut politiquer ; il faut régler les affaires des
Princes , & faire un fort au grand Turc. On
crie encore ; on s'altere , & l'on n'ofe pas demander à boire , parce qu'on ne boit plus à
Paris. Bientôt chacun fe retire ; & l'on foupe
en grondant , comme on avoit dîné.

Après fouper , il faut médire ; il faut reprendre les cartes , ou le trictrac. On babille ;
on baille : & l'on va fe coucher , fans trop
connoître , par bonheur , qu'il foit ailleurs de
plus douces vies.

A la vérité , nos grandes Villes offrent plus
de reffources. Les hommes y font mieux élevés, moins minutieux. Les Dames y font moins
cérémonieufes. La fociété y paroît donc plus
douce. Les beaux Arts y font plus connus.
Outre les Spectacles , dont j'ai parlé , on y
joue la Comédie en fociété. On y entend d'affés
bons concerts. En Carnaval on y danfe. En un
mot on y végéte moins ; & l'on y vit davantage.

NEUVIEME LETTRE.
DES AMOURS.

M

Si le Gascon l'emporte, en quelque chose, sur les habitans de la Capitale, on peut dire, avec vérité, que c'est surtout en amour. La nature le fit sensible ; le climat le rendit ardent : peu corrompu par l'exemple, *innocent, par défaut de lumière*, retenu d'ailleurs par le respect humain, il trouve, dans le plus agréable penchant, les consolations, nécessaires à tout homme.

L'Espagnol, l'Italien sont trop emportés, trop jaloux ; les Parisiens, comme les habitans du Nord, ne le sont peut-être pas assez ; nous réunissons l'ardeur des uns, & l'urbanité des autres. Entre deux vices extrêmes, nous tenons la place de la vertu.

Le jeune Damon, né dans une petite Ville de nos Provinces, vit au Temple, pour la pre-première fois, la jeune Célidie. Elle fortoit, depuis peu, d'un afyle de Vierges pieufes, qui avoient façonné fon enfance au joug des devoirs, & de l'honneur. Damon regarda Célidie avec trouble. Elle s'en apperçut, baiffa les yeux, & rougit. Dès lors s'aluma dans leurs ames un feu pur, enchanteur, qui ne doit plus s'éteindre. Dès-lors, fans faire un figne, fans prononcer un mot, ils fe déclarerent leur amour réciproque, & fe jurerent une fidélité, à toute épreuve. Damon fe propofa de fuivre partout fon amante : la tendre Célidie fe promit d'éviter partout fon amant. Douces contraintes, privations cruelles, qui commençoient à la fois leur peine & leur bonheur !

Penfant nuit & jour l'un à l'autre, fe defirant continuellement, livrés à une langueur délicieufe, pleins d'une émotion fecrette, qui les faifoit treffaillir à leur commune approche, ils fe revirent vingt fois, fans fe parler encore.

Enfin il arriva ce moment fouhaité, cet inftant, où leurs bouches craintives fe dirent quelques mots fans fuite, entrecoupés de foupirs. Elife, veuve ambitieufe, & mere de

Célidie, étoit alors présente. Elle reconnut le trouble & le penchant de sa fille. Célidie devoit être plus riche que Damon. Sa beauté pouvoit la faire aspirer à des partis considérables. Déricourt, vieux gentil'homme, garçon, & possédant plusieurs Terres, étoit venu les voir quelquefois. Que de motifs pour effrayer à l'instant Elise ! sur un prétexte controuvé, elle se hata de congédier Damon. Il sortit enchanté d'avoir entendu quelques mots de Célidie ; & fâché toutefois de ne pas rencontrer ses regards.

La cause du procédé d'Elise n'avoit point échappé à sa fille. Mille craintes s'élevèrent dans son ame, & furent trop-tôt justifiées. On lui fit un crime d'avoir été sensible pour un jeune homme de son rang, aimable, spirituel, vertueux, qui ne valoit pas un vieillard bourru, libertin, cacochime, & plus riche.

Qui ne sçait combien les obstacles irritent l'amour, & lui donnent de forces ! Célidie pleura, promit de ne plus parler à Damon, de ne plus le voir ; & , comme il est très naturel, le soir même elle devint parjûre.

Je ne fais point un roman, qu'il faudroit remplir d'incidens variés. Rapportant une avanture simple, dans laquelle je n'ai changé que les noms , & dont il refte des témoins , je crayonne un coin du tableau de nos mœurs particulieres. Damon rêva, s'inquiéta, courut jufqu'au foir , & fe trouva, fans s'en apper- cevoir, fous les fenêtres de Célidie. Il foupire. Il léve la tête. Il voit fa maîtreffe. Il lui parle d'amour. Il apprend fon malheur. Mais il re- connoît dans les difcours de Célidie des fenti- mens , qui le lui rendent cher.

Alors ces tendres amans font des conven- tions, devenues néceffaires. Ils ne fe parleront plus en public. Ils fe chercheront pourtant ; & leurs yeux les dédommageront de la contrainte de leurs bouches. Mais , aux lieux où ils fe trouvent , ils nourriront, chaque nuit, par quelques paroles , leur amour & leur efpé- rance. Et fi des obftacles imprévus dérangent leurs rendez-vous , ils confieront au papier leurs fentimens & leurs peines.

Ils exécuterent, pendant une année entiere, ces arrangemens, & fe contenterent innocem- ment de ce régime. Cependant le vieux Déri- court fit à Elife des vifites plus fréquentes ; & enfin il lui propofa d'époufer fa fille. Célidie demanda du tems. Elle gémit. Déricourt in- fifta , & fe plaignit, croyant par fes propo- fitions faire beaucoup de grace à une petite roturiere, qui n'avoit que de la jeuneſſe, des charmes, & de l'or.

Dans ces malheureuſes circonſtances, la qualité d'une vieille Baronne vint à l'aide de Célidie, & ſéduiſit Déricourt, il épouſa ſon Château, ſes titres, & trois dents.

Quelle joie ! quelle ſatisfaction pour nos jeunes amans ! hélas ! elle ne dura guere. Sur la nouvelle du mariage de Déricourt, deux autres prétendans vinrent ſolliciter Eliſe.

L'un étoit un Officier, retiré du ſervice, qu'on appelloit Chevalier, & qui, depuis long-tems, attendoit une croix tardive. L'autre quittoit ſon magaſin, ſortoit du Capitoulat, & vouloit ſe hater de faire ſouche.

Nouveaux refus de la part de Célidie. Ils ne manquerent pas de lui attirer les plus mauvais traitemens de ſa mere. Peut-être les oublioit-elle dans ſes rendez-vous: mais ils furent à la fin découverts, & proſcrits.

Cependant Eliſe preſſe, elle entend que ſa fille choiſiſſe, entre un Chevalier, qui doit leur attirer beaucoup de conſidération, & un Ex-Capitoul, qui leur procurera une lignée de Gentilshommes.

Mais Célidie déclare qu'elle veut le ſeul Damon, & qu'elle eſt prête à lui ſacrifier, s'il le faut, tous les Généraux, tous les Princes, tout le genre-humain, & sa propre vie.

De tels sentimens, loin de rebuter les rivaux du tendre Damon, les rendit au contraire plus assidus, plus pressans : & le jeune amant, au désespoir, se résolut à tout risquer, pour les punir de leur acharnement.

Célidie apprend, par une lettre, son dessein, & son courage. Tremblante sur les conséquences, elle se hâte de la montrer à sa mere. Mais Elise, au lieu de se rendre, paroît charmée que le sort de sa fille puisse dépendre d'une affaire d'éclat.

Quels événemens tragiques n'auroit pas pû résulter de telles dispositions ! heureusement le destin arrrangea toutes choses.

L'Ex-Capitoul, au sortir de l'un des repas splendides, donnés, comme il est d'usage, à la réception de ses pareils, se laissa mourir d'apopléxie. D'un autre côté, le Chevalier apprit tristement par la poste que sa croix ne devoit jamais arriver.

Damon instruit, vole chez Célidie. Elle pleure de joie, lui laisse prendre un doux baiser, & l'entraîne aux pieds de sa mere. Elise, attendrie par sa fille, enchantée d'ailleurs de

la

la bravoure de son amant, se rend, & cou-
ronne leur constance.

Dans toutes les conditions, dans tous les
rangs, nous avons le bonheur de voir souvent
de semblables passions. C'est d'un côté la can-
deur, le sentiment, le desir, entretenu par
l'espérance, & subjugué par le respect : De
l'autre, c'est la beauté, qui s'ignore ; c'est la
nonchalance excitée, ou la vivacité retenue ;
c'est l'émotion involontaire, qui s'acroit dans
les traverses, & qui est subordonnée à l'atta-
chement aux devoirs.

Toutes nos amours ne sont pourtant point
aussi pures, aussi desintéressées. Outre que
chez-nous, comme partout, *l'hymen n'est pas
toujours entouré de flambeaux* ; la cupidité, la
folie se mêlent quelquefois aux amours dans
nos grandes Villes. On y perd ordinairement
en mœurs ce que l'on y gagne en lumieres.
Nos Dames y voient trop souvent des étrangers titrés, de riches libertins, & d'aimables
militaires.

La curiosité, cette vertu originelle des femmes, est sans doute le premier mobile qui entraine si communément leurs cœurs vers tout
homme étranger. A la vérité, c'est une sorte
d'apétit, qu'il est plus aisé d'amuser que de

M

satisfaire. Trompées dans leur attente, elles
reconnoiffent bientôt que nous nous reffem-
blons tous. Peut-être penfent-elles auffi, que,
tout étranger, devant peu refter dans le pays,
elles verront du moins, tôt ou tard, l'un des
complices de leurs foibleffes. Mais furtout, fi
cet étranger poffede quelque place, ou des
titres, combien de nouvelles raifons pour tâcher d'en faire la conquête! elles penfent
qu'elles feront identifiées avec le mérite & les
dignités de cet homme. Elles efpérent de s'attirer l'envie de toutes leurs compagnes, & de
les éclipfer à jamais fous les rayons d'une gloire, qu'elles ne devront en effet qu'à leur def-
honneur.

Cependant, il arrive que plufieurs femmes
ont les mêmes idées fur le même homme, &
que, devenant, à crédit, le maître de leurs
cœurs, il les trompe tout à tour, ou toutes
à la fois.

Celles, que nous voyons féduites par de
riches libertins, fi elles font moins folles, n'en
paroiffent pas certainement plus eftimables.
O vingt-un, ô cavaignol, ô foif des parures,
que vous avez produit de faux pas!

Mais, vivent, chez nous, l'uniforme, le
ton décidé, l'air martial, pour tourner les

têtes, & conquérir les cœurs! vous leur cédez, Mefdames, on n'a rien à vous dire; la nature ne vous fit pas plus fortes que Minórque.

Au refte, on voit en tout des exceptions. L'aimable Clitandre, lorfqu'il entra dans fon Régiment, parut raifonnable, fpirituel, doux, fenfible. Il aima long-tems, comme un Céladon, Glicere, qui ne vouloit point l'entendre. Il reçut alors, de l'un de fes camarades, les petits vers que voici:

CONSEIL A CLITANDRE.

Clitandre, un homme, tel que vous,
Doit voltiger de la brune, à la blonde,
Et de fes faits remplir le monde,
Toujours amant, jamais époux.
Il peut pourtant ceffer d'être volage,
Et fe fixer dans quelque garnifon;
Mais, dès qu'il faut changer de Ville, ou de maifon,
Son amour doit plier bagage.
Sur fon malheur alors il doit fe récrier,
Et gémir, en quittant la place;
Mais, il donne en fecret la carte du terrier
A l'Officier qui le remplace,
Et qui parvient bientôt à le faire oublier.

Ces étrangers, ces militaires ont quelquefois dans leurs amours des procédés, tout nouveaux, pour nos *Dames & Demoiselles*. Elles veulent les réprimer. On leur dit, à l'oreille, que ces manieres appellées cavalieres, font devenues de mode ailleurs, & furtout à Paris : feroit-il naturel qu'elles n'adoptaffent pas la bégueulerie & les mœurs des plus minces Bourgeoifes ? O bons Gaulois, qui futes nos ancêtres, ô vous anciens & loyaux Chevaliers de nos contrées, qu'euffent répondu à de tels propos vos fœurs, vos filles, ou vos femmes?

Aimable moitié de la fociété, fexe enchanteur, idole du nôtre, charme des yeux & des cœurs, ô femmes, tendres confolatrices de l'homme, freins du courroux & de la cruauté, feuls remédes à nos maux, doux liens qui nous attachez à la vie, objets de nos defirs & de notre efpérance, fources de nos plaifirs, caufes de notre bonheur réciproque, enfin fouveraines du monde, pourquoi voudriez-vous travailler à perdre votre empire fur nous? Songez que vos feuls appas n'en font pas les foutiens : il eft furtout fondé fur notre eftime ; & vous ne pouvez la devoir qu'aux qualités de votre ame, à votre retenuë, à votre pudeur, en un mot à toutes ces vertus, dont vous êtes obligées de nous convaincre par votre conduite.

Mais, quelques déréglemens qui regnent

dans nos grandes Villes, les mœurs y font bien plus pures encore que dans la Capitale. En amour, à Paris, les fenfations tiennent ordinairement lieu de fentimens. On y voit rarement les jeunes gens épris d'un amour pur, vif, defintéreffé. Mais, ce n'eft pas toujours leur faute. Si le beau fexe y avoit plus de principes, fi toutes les jeunes femmes y fongeoient à fe défendre mieux, les hommes y feroient fans doute plus empreffés, plus foumis, moins exigeans.

Pourquoi n'oferois-je pas dire la vérité ? A Paris tout amant eft un demandeur, qui s'attend à bientôt obtenir : fi, par un cas extraordinaire, il trouve un cœur rebelle, il fe dégoûte, & fe dédommage ailleurs. Quelles difpofitions pour produire des amans fenfibles & délicats !

On eft quelquefois malheureux dans fes recherches : je n'ai pu rencontrer dans la Capitale d'amans plus honnêtes, que ceux de l'Opéra comique.

Ce n'eft pourtant pas ce qui frappe, au premier coup d'œuil jetté fur les mœurs de Paris ; parce que le mafque de la décence s'y trouve, partout où elle n'eft pas ; & parce que le vice

M iij

même y est racheté par l'agrément, s'il peut jamais l'être par quelque chose.

Quel est cet hôtel somptueux & galand, qu'on prendroit pour le Palais de Plutus, de l'Amour & des Graces ? C'est la demeure de Zéïde. Elle nâquit sous le chaume ; elle vît sous des lambris dorés, des fleurs, des pierreries : on ne sçait point où elle doit mourir. Tandis que ses parens, habitans d'un Village, succombent sous le travail, & vivent parmi des bestiaux, d'un peu de pain noir & d'eau, elle s'ennuye dignement au milieu d'une cour de gens d'esprit, dans la plus belle Ville du monde, dégoutée des meilleurs mets, des vins les plus renommés, & des liqueurs les plus exquises. Zéïde n'est pourtant, ni jolie, ni spirituelle. Qu'importe si la laideur a sçu plaire à Licandre !

Doranton & Dalimene unirent leurs biens, leurs titres, & leur sort. Ils habitent depuis, dans le même Palais, deux appartemens, séparés d'un quart de lieue. Pour ne pas s'incommoder, ils ne se voient que rarement à table, dans une Salle mitoyenne ; mais, chaque matin, ils se donnent réciproquement des nouvelles, par leurs Valets de chambre. Dalimene a des amies sémillantes : Doranton a des

amis galands : il les envoie souvent à fa femme ;
dont on dit que la premiere vertu fut toujours
la reconnoiſſance. Que de douceur dans un tel
ménage ! que d'ordre ! que d'arrangement !

Voilà, dans le même équipage, deux époux
de trois jours. Il y en a déja huit qu'ils ſe con-
noiſſent. C'eſt le Comte d'Orcy. Garçon à 25
ans, il poſſédoit encore quelque rente, &
n'étoit pas tout-à-fait décrépi. Il a quitté, depuis quatre jours, l'indécente Zirphé, pour
prendre dans Hortenſe, la fille d'un riche Financier, qu'il n'a encore, ni méconnu, ni
ruiné. Deux époux ſi bien aſſortis ne peuvent
qu'être heureux. Dans quinze ans ils auront
déjà un enfant, parce qu'ils ſe feront encore
vus deux fois, pour arranger une ſéparation à
l'amiable.

Zéphirine, fille de qualité, jolie, & ſans
biens, avoit daigné donner ſa main au riche
Derval. Le tourmentant nuit & jour par ſes
hauteurs, ſes caprices, & ſes dépenſes, elle
n'en devint veuve que dans ſix mois. A cette
époque, qui lui parut celle de ſa liberté, elle
ſe promit, en ſecret, de vivre à jamais dans
l'indépendance ; & en même tems ſa bouche,
charmante & traitreſſe, ne ceſſa de publier le
contraire. Zéphirine ſe fit donc coquette. Elle

a depuis une cour d'hommes de tous états,
qui, tour-à-tour, l'adorent, l'amusent & l'ex-
cedent. Zélide provinciale & l'une de ses amies,
lui conseille envain de se fixer ; elle tient for-
tement au caractère qu'elle montre. Un jour,
elle écrivit ainsi à Zélide l'apologie de la co-
quetterie :

> Qu'on connoisse & qu'on apprécie
> Le mérite réel de la coquetterie ;
> Elle suit partout la beauté
> Pour le bonheur de la société.
> Dans tous les cœurs excitant l'espérance,
> Mais retenant le prix, qu'elle laisse entrevoir
> Sur leurs égards & sur leur complaisance,
> Elle fonde notre pouvoir ;
> Et nous fait surtout recevoir
> Ces louanges sur nos charmes,
> Qui, de l'amour sont les premieres armes.
> Elle inspire à tous les esprits,
> Qui veulent tâcher de nous plaire,
> Une émulation utile & nécessaire,
> Anime le talent, & fait naître ses fruits.
> Du jaloux & du téméraire
> Elle sçait braver les desirs ;
> Avec transport elle les désespere.
> Mais, on l'adore ; & l'on préfere
> Ses dédains aux faveurs, ses tourmens aux plaisirs.

Zéphirine, pour être aimée, promet donc

un prix, qu'elle ne veut pas donner ; & cependant elle fait croire qu'on l'adore à crédit. Le merveilleux rôle que celui de Zéphirine, fi elle ne trompe pas doublement !

Quoiqu'il en foit, de telles fineffes ne font ni pratiquées, ni entendues par nos bonnes provinciales. Elles aiment, ou méprifent, réfiftent, ou fe rendent de la meilleure foi du monde. Auffi, celles qu'on accufe de jouer quelques mauvais tours à leurs maris, n'ontelles pas dumoins l'habile perfidie de les leur cacher fous un redoublement de careffes.

On ne peut pourtant pas trop dire ce qui en arriveroit, fi nous ménions plus fouvent à Paris nos femmes. L'exemple a tant de force ! les occafions y font fi fréquentes ! les gens voifins de la Cour, font fi féduifans ! il eft des chofes qui s'apprennent fi vîte ! En attendant, il eft certain que, des Dames trop galantes, de tous les pays & de toutes les nations, qui parent & rendent dangereufe la Capitale, les Gafconnes ont l'honneur de former le plus petit nombre, malgré l'étendue de leur contrée, & leurs difpofitions naturelles. C'eft peut-être une des meilleures preuves, qu'avec notre ignorance & nos préjugés, nous avons dumoins des fentimens, des mœurs.

HÉROIDES

DE GABRIELLE

DE VERGY,

A LA COMTESSE

DE RAOUL,

ET

DU COMTE DE FAYEL

A FAYEL SON FRERE.

AVERTISSEMENT.

LES deux Epitres suivantes, qu'on nomme Héroïdes, ont déjà vû le jour à Paris. La premiere y parut imprimée en 1766. La seconde l'a été dans le Mercure, en 1769. L'Auteur a cru pouvoir les publier de nouveau, fondé sur la sorte d'estime, que se sont attirée ces deux Ouvrages.

PRÉCIS
DE L'HISTOIRE
DE
GABRIELLE DE VERGY.

SOus le règne de Saint Louis, Gabrielle de
Vergy nâquit en Champagne, de parens nobles
& confidérés. Leur demeure, peu fompteufe,
n'étoit pas éloignée du petit Château de Coucy,
appanage & féjour de la famille des Raoul.
Gabrielle y fut élevée avec foin ; & ; jufqu'à
fon adolefcence, elle y vécut compagne du
jeune Raoul de Coucy. Ces deux tendres fleurs
croiffoient, s'épanouiffoient, brilloient enfemble, & paroiffoient fe communiquer un
éclat, qui réciproquement les embelliffoit.

De Vergy étoit belle & fpirituelle. Raoul
étoit beau, & montroit plus d'efprit encore.
La conformité des amufemens, des goûts, des
penchans, des plaifirs, fit naître dans deux
cœurs, fi intéreffans, une amitié mutuelle,
tendre, vive, plus délicieufe que l'amour, ou

N

plutôt qui étoit l'amour même, dans toute sa
pureté. Mais leur bonheur fut bientôt en butte
aux plus rudes traverses. Elles semblent le poursuivre partout, comme on voit l'envie poursuivre la prospérité, tous les talens, & la gloire.

Gabrielle perdit sa mere, & on la retira
d'auprès de son ami. Dès-lors, son pere ambi-
tieux fonda sur sa beauté l'espoir d'arracher à
la fortune par un établissement distingué, les
faveurs, qu'elle avoit refusé à sa famille. Mais
il découvrit le secret du cœur de sa fille. Adorée de Raoul, elle brûloit pour lui : le tendre
sentiment né dans leurs ames, dès leur enfance,
s'étoit changé en la plus forte des passions.
Gabrielle reçut, en frémissant, l'ordre de ne
plus parler à Coucy : & on la contraignit à
souffrir les visites & les soins de Fayel, que
ses charmes avoient séduit. Cet homme riche,
puissant, orgueilleux, cruel, se servit de l'ambition du pere, pour obliger la fille à ne pas
dédaigner l'offre de son cœur.

Raoul, pénétré de chagrin, voulut tâcher
de revoir son amante, & de jouir du bonheur
de lui parler en particulier. Il écrivit ; il fit
agir une jeune sœur, qui commençoit à sentir
les maux de son frere : mais, on ne voulut pas
consentir à des rendez-vous, qui pouvoient,

à tous égards, devenir très dangereux. A ce
ſujet il compoſa des vers, dont ceux-ci fai-
ſoient partie.

> Cet don n'eſt pas courtois, qu'on trop délaie,
> Si s'en eſmaie, & plaint c'il qui attend.
> Un petit bien vaut mieux, ſi Diex me voye,
> Qu'à un ami l'en fait courtoiſement,
> Que cent greigneur, qu'on fait ennuiaument;
> Car, qui le ſien donne récroiaument
> Son gré en pert; & ſi couſte enſément
> Comme fait cel, qui bonnement employe.

Pour l'intelligence de certains Lecteurs, on
eſſaie de donner ici le ſens de ces vers.

Il n'eſt pas honnête de trop retarder une fa-
veur, ſi celui qui l'attend en ſouffre, & s'en
plaint. Un petit bien, qu'on fait à ſon ami
promptement & de bon cœur, vaut mieux Dieu
me pardonne, qu'un bien plus conſidérable,
accordé beaucoup plus tard. La perſonne, qui
nous favoriſe à contre-cœur, perd le gré qu'on
lui en auroit; & néanmoins il lui en coute au-
tant, qu'à celle, qui le feroit de bonne grace.

L'eſtimable Gabrielle vit ſon tendre ami;
mais ſeulement pour déplorer avec lui les plaiſirs innocens dont ils avoient ceſſé de jouir,
& les douleurs qui devoient déſormais être
l'aliment de leur vie. En effet, Coucy fut

obligé bientôt après de se porter sur le Rhin, pour y faire ses premieres armes ; & le pere de Gabrielle profita de cette absence, pour contraindre sa fille à épouser Fayel.

Raoul de retour, voulut revoir l'objet de toutes ses pensées ; & Gabrielle crut pouvoir se permettre de lui parler encore une fois. Son époux, jaloux & barbare, l'ayant faussement soupçonnée d'avoir commis contre lui des infidélités, la fit renfermer seule dans un souterrain, au-dessous de son Château.

Coucy n'ignora point le sort de cette triste victime. N'en pouvant plus recevoir directement aucune nouvelle, espérant d'ailleurs que, par une longue absence, il pourroit contribuer à faire cesser le courroux de Fayel, & ses procédés inhumains, il se résolut d'accompagner aux Croisades le Roi, & le Comte de Champagne. Avant son départ, sa passion & sa douleur lui inspirerent encore des vers, dont on rapporte ce fragment :

> Se mes corps va servir notre Seigneur,
> Mes cuers remaint du tout en sa baillie;
> Por li m'en vois soupirant en furie.

Si mon corps va servir l'Eternel, mon cœur

reste en otage à celle, que j'aime, & pour qui je soupirerai jusqu'au sein des combats.

Cet amant malheureux, guidé par la rage & le désespoir, fit des prodiges de valeur contre les Sarrasins. Mais bientôt, blessé mortellement dans la Ville de Massoure, il employa le peu de momens qui lui restoient à écrire à Gabrielle. Il voulut que son Ecuyer embaumât son cœur, après sa mort. Il lui dit de le porter à celle qu'il aimoit, avec sa lettre, & un cordon de cheveux accompagné de diamans, qu'il tenoit d'elle, & que depuis il avoit toujours conservé sur lui.

L'Ecuyer arrivé près du Château de Fayel est tué par ce mari féroce. Celui-ci feint de se racommoder avec Gabrielle. Il lui fait manger le cœur de son amant, mêlé avec d'autres viandes; il y ajoute la cruauté de l'en avertir: & cette femme infortunée expire, en le maudissant, dans le plus affreux désespoir.

GABRIELLE DE VERGY

A la Comtesse de Raoul, sœur de
Raoul Coucy :

EPITRE.

Dans le sein de la terre, ô digne, ô tendre amie,
Depuis deux ans je vis & meurs ensévelie :
Et du tombeau, témoin de mes malheurs secrets,
Je vous trace mon sort, & mes derniers regrets.
Epouse peu coupable, amante désolée,
A d'injustes soupçons, sans périr, immolée,
Ne pouvant m'élancer loin des restes épars
D'un mets horrible & cher, qu'évitent mes regards,
Remplissant l'air de cris, furieuse, meurtrie,
Par mes sanglantes mains déchirée & rougie,
Je m'arrache à ce lieu, repaire de serpens,
Moins affreux que l'époux, auteur de mes tourmens.
Sur mon sein j'excitai les dards de ces reptiles :
Espérance frivole, & transports inutiles !
Quand Fayel contre-moi remplit ses noirs desseins,
Pour mon malheur encor, ces monstres sont humains...

   Peut-être ignorez-vous que tout le sang d'un frere...
Comment poursuivre ?... Un voile obscurcit ma pau-
    piere....
Chaque trait que je forme est noyé par mes pleurs...

Un moment, s'il se peut, suspendons nos douleurs.

Ce frere fut l'espoir, l'honneur de la Champagne.
Dès nos plus jeunes ans, je devins sa compagne.
Mêmes soins, mêmes jeux remplissant nos loisirs,
Faisoient couler nos jours dans les mêmes plaisirs.
Absente il me cherchoit ; il me trouvoit émue
Du chagrin d'avoir pû m'éloigner de sa vue.
De joie il en pleuroit ; j'éprouvois ses transports ;
Et je livrois ma bouche à ses tendres efforts.
Partageant son desir, innocent, mais extrême,
J'osois souvent, j'osois le prévenir moi-même.
Tous deux nous chérissions nos plus légers présens.
Offroit-il une fleur à mes appas naissans,
D'abord je m'en parois, & je me croyois belle.
Pénétrés d'une flame inconnue, immortelle,
Ainsi nos jeunes cœurs se préparoient les maux
Dont nos parens cruels nous ont fait des bourreaux.
L'âge encore augmenta cette tendresse active.
Mon ami, plus ardent, me trouva plus craintive ;
Et dès-lors la nature ou l'éducation
Fit changer les effets de notre passion.
Rougissant, m'éloignant, par Coucy retenue,
Ses yeux, qui me troubloient, faisoient baisser ma vue,
Plus de baisers. Coucy s'en plaignoit, me suivoit ;
Je blâmois ses transports, que mon ame approuvoit,
Le fruit de la raison est pour nous le mensonge !
Mais, pourquoi rappeller les charmes d'un vain songe ?
Quel réveil le suivit ! quel jour ! quel désespoir !
Raoul vole aux combats, je ne dois plus le voir.

On m'arrache aux defirs d'un Héros qui m'adore,
Et l'on va me livrer à Fayel, que j'abhorre.

Doux tyran de nos cœurs, amour, qui les conduis,
Enfant de la nature, & qui la reproduis,
Ame de l'Univers, & mobile des êtres,
Ah! fi le genre-humain, fans préjugés, fans Maîtres,
N'eut fubi que ton joug, n'eut écouté que toi,
Au comble du bonheur il béniroit ta loi.
Mais, l'intérêt, l'orgueil nous forgea des entraves;
Et la fociété nous rendit tous efclaves.
Dans nos nouveaux befoins, fources, de nos malheurs,
Nos feuls guides, nos Dieux font l'or & les grandeurs.
A leurs pieds la vertu, l'innocence fuccombe:
Et le Vautour puiffant s'unit à la Colombe.
La nature, contrainte en tous fes fentimens,
Ne fe reconnoît plus, qu'à fes gémiffemens.
Mais, de tous les humains écrafés fous leur chaîne,
En fut-il, dont les maux égalaffent ma peine!

Je rejettai les vœux de l'indigne Fayel.
» Je ne veux point former un nœud fi criminel,
» Non, j'adore Coucy, lui dis-je avec franchife;
» De lui, de fes vertus Gabrielle eft éprife:
» Mon fein eft un autel, à ce Dieu préparé,
» Où s'entretient un feu, pur, immortel, facré.
» Eh! bien, dit-il, cruelle! eh bien, il faut l'éteindre:
» Il faut calmer des maux, qu'aumoins vous devez
          plaindre:
» Ils font nés de vos yeux, ils dévorent mon cœur:
» Votre pere a parlé; vous ferez mon bonheur:

» Et la guerre, entraînant Raoul hors de la France,
» M'épargnera le soin de punir son offense.

Quels projets ! quel arrêt ! il fut exécuté.
Il fut formé ce nœud, barbare & détesté.
Ah ! quand au nom du Ciel on consomma ce crime,
Je crus voir les Enfers enchaînant leur victime.
La liberté, l'amour, l'innocence, l'honneur,
Tout fut sacrifié. Mon pere avec horreur
Des roses de l'hymen pâroit mes funérailles ;
Et la nature envain déchiroit ses entrailles.

Tu revins, cher Raoul ; il n'en étoit plus tems :
Ou plutôt, ton retour manquoit à mes tourmens,
Dévoré de soupçons, & glacé par la crainte,
Mon détestable époux augmenta ma contrainte :
Et, tel que ces dragons d'un jardin fabuleux,
Il me gardoit armé de poisons & de feux.
Il m'aimoit ; il mêloit la douceur à l'outrage,
Et mouroit dans mes bras de plaisir & de rage.
En proie à ses fureurs j'abhorrai près de lui
Mon Etre, les humains, tout, excepté Coucy.
Coucy veut me parler. O fatale entrevue !...

Esclave du devoir, par mes nœuds retenue,
Par l'amour embrasée, & contraignant mon feu,
Je disois à Raoul un éternel adieu ;
De ma main, qu'il baisoit, il recevoit un gage
De cheveux enlacés frivole & cher ouvrage ;
O surprise ! ô malheur ! on vient ; c'est mon époux,
Escorté, l'œil en feu, transporté de courroux,

Il va frapper Coucy, Coucy va se défendre,
Je vole entre leurs coups ; on ne veut point m'entendre :
A leur rage, à leur fer je présente mon flanc ;
Et leur pitié barbare ose épargner mon sang :
» Cher Raoul, m'écriai-je effrayée, abattue,
» Fuis, échappe ; il soupire, & se perd à ma vue.

Eh ! pourquoi donc alors, pourquoi mon foible bras
Ne me fraya-t-il point la route du trépas ?
Autour de moi Fayel laissoit encor des armes.
Sourd à ma voix plaintive, insensible à mes larmes,
Il me fait entraîner, il me charge de fers
Dans ce séjour d'horreur, image des Enfers.....
Mais quel est ce forfait dont je fus la victime ?
La nature nous dit, aimer n'est point un crime ;
Dans un gouffre de maux ah ! loin de me plonger,
Vous deviez, juste Ciel ! l'absoudre, ou la changer.
Que dis-je ! aucun forfait ne souilla Gabrielle :
Je suis ardente, foible, & non pas infidèle :
Et quand j'ai retenu Raoul, & mes transports,
De ma raison peut-être on louera les efforts.

O vous, de notre sexe adorateurs stupides,
Hommes présomptueux & de plaisir avides,
Tyrans de l'innocence & de la liberté,
Quand l'or ou le pouvoir vous livra la beauté ,
Quel droit vous a donné sur son ame sensible
Cette union contrainte, à ses regards horrible ?
Esclave, dévouée à combler vos desirs,
Qu'elle soit, par vertu, fidèle à vos plaisirs ;

Mais dumoins, pardonnez à son cœur, qu'il faut
      plaindre,
Quelques feux combattus, qu'elle ne peut éteindre.
Que fais-je ! à la bonté j'excite des mortels :
Par leur propre intérêt rendus sourds & cruels.
Leurs fureurs envers nous leur semblent légitimes :
Et du Dieu Theutatés il leur faut les victimes.

Qui le fut comme moi ? ma sensibilité
Toujours de mes douleurs accrut l'activité.
A la sombre lueur d'un flambeau funéraire
Le sommeil rarement a fermé ma paupière.
Il ne pût me livrer à ces songes affreux,
Qui doublent les tourmens des êtres malheureux.
Mais, ô fatalité ! ces phantômes sinistres,
De la mort, qui m'appelle, images & ministres,
Hors même du sommeil, ont fait frémir mes sens.
De larmes innondée, en mes gémissemens,
Quelquefois ma paupiere affoiblie & pesante
Ne me laisse entrevoir qu'une lueur tremblante.
Mes organes troublés, paroissant sommeiller,
Ne peuvent en effet, ni dormir, ni veiller.
C'est alors, que mon ame, en ses accès horribles,
Crée, & voit mille objets, effrayans & terribles.
Quelquefois, succombant sous un monstre cruel
Je l'ai vû transformé ; ce monstre étoit Fayel.
Par un Tigre souvent meurtrie & déchirée,
J'ai senti tous les coups de sa dent acérée.
J'excitois sa fureur, dans l'espoir de mourir :
Vaines illusions ! je n'ai pû que souffrir.

Un jour enfin , ô crime ! ô fupplice effroyable !
O de mon trifte fort image déplorable !
Homme dénaturé ! barbare , horrible époux !
J'ai vu... J'ai vu Raoul expirer fous tes coups,
Ta main le déchiroit ; & cette main fumante
Abreuva de fon fang ta femme & fon amante.

Je ne vous verrai plus , enfans de la terreur,
Spectres , nés dans moi-même , & qu'a fuivis l'horreur ;
L'inftant fatal approche , & va finir ma peine.
Terrible & favorable , il fait tomber ma chaîne :
Et , plaignant un époux aux forfaits endurci,
Mon ame avec tranfport va rejoindre Coucy.
Que dis-je ? Quel efpoir ! qui , toi , qui les profanes,
Toi , leur vivant tombeau , toi, rencontrer fes mânes !
Je frémis !... apprenez... mais comment achever ?...
Je fuccombe à des maux que je ne puis braver :
Cet écrit fe dérobe à mes mains défaillantes.
Que vois-je ? Il eft fouillé par des traces fanglantes !...
Tendre fœur de Raoul , frémiffez comme moi...

Après deux ans entiers paffés dans cet effroi,
On ouvre ma prifon. C'eft la dépofitaire
Des fecrets de mon cœur , Matilde , qui m'eft chere.
Elle ignoroit mon fort , & vient dans mon tombeau ,
Innocemment hélas ! feconder mon bourreau.
Embraffant mes genoux , de fes larmes baignée ,
» Je viens vous annoncer une autre deftinée,
» Me dit-elle ; Fayel , las de vous immoler,
» Déchiré de remords , demande à vous parler.
» Il a fait vos malheurs ; fouffrez qu'il les répare.

» Il eſt coupable encor, mais il n'eſt plus barbare.
» Quand pour vous délivrer il deſcend en ces lieux,
» Par l'aſpect de vos maux il veut punir ſes yeux.
» Il veut, dans un repas, pleurant ſes noires trames,
» Obtenir ſon pardon, & réunir vos ames.

De ces mots conſolans, de ces vœux de Fayel
Eh! qui n'eût comme moi, rendu graces au Ciel!
Mon ame tout à coup, dans le plaiſir ſe noie;
Et mon œuil étonné verſe des pleurs de joie.
Fayel ſe montre: il parle; & ſon feint repentir
Me rend ſenſible aux maux, qu'il paroît reſſentir...
A demi raſſurée, &, malgré moi, tremblante,
Je me nourris d'un mets, que ſa main me préſente.
O mon amie!... ô rage! incroyable tourment!...
Ma bouche a dévoré le cœur de mon amant.
Je l'apprends de Fayel; il s'échappe: & je tombe
Sur la terre ſouillée, où va s'ouvrir ma tombe.

Quel Démon aſſez noir a donc pû te forcer
Au crime que ma plume, à peine oſe tracer,
Perfide?... Mais Matilde, à mes ordres fidèle,
Va d'un poiſon brûlant... J'entends ouvrir; c'eſt-elle...
Coulez, fatal breuvage, & portez dans mon ſein
Les maux, l'horreur, la mort, plus doux que mon
            deſtin.....
Je triomphe; à la terre enfin je ſuis ravie.
Je n'y regrette, hélas! que l'ame d'une amie....
Elle déplorera mon amour, mon malheur.
Mais je ſens... Quel tourment! quelle affreuſe douleur!
Ah mon amie! ô Ciel!... eh quoi! doi-je me plaindre

De ce feu dévorant, qui bientôt va s'éteindre !
Deſtructeur de mon être, il comble mon deſir.
Ah ! ſouffre, malheureuſe, & meurs avec plaiſir !...
Amis, amans, époux, qui lirez mon hiſtoire,
Accordez quelques pleurs à ma triſte mémoire.
Et, vous, qui contraignez les cœurs de vos enfans,
Soyez leurs bienfaicteurs, & non pas leurs tyrans.
Vous devez les chérir, les guider, les inſtruire ;
Mais leur cœur... C'en eſt fait... Raoul !... Raoul !...
　　　j'expire.

OBSERVATIONS

OBSERVATIONS

Sur l'Epitre du Comte de Fayel,
A Fayel son frere.

COmment oser songer à intéresser pour Fayel, pour un mari barbare, qui, sans même être convaincu de l'infidélité de son épouse, lui fait manger le cœur de son amant!

On peut répondre que les personnages d'Othello, de Radamiste, ont excité dans toutes les ames la pitié la plus tendre.

Mais toute bonne Tragédie est un grand chef-d'œuvre ; & toute héroïde n'est qu'une foible esquisse.

Elle ennuyeroit sans doute le Lecteur, si l'on y vouloit filer, comme dans la Tragédie, la marche, le combat des passions, & les incidens qui les font varier.

D'un autre côté, nous voyons qu'on peut se permettre dans l'héroïde des idées, des images, des expressions, qui révolteroient dans un drame: elle a des beautés, qu'on pourroit nommer *exclusives* ; & ce seroient des richesses perdues pour un sujet intéressant, qui

O

ne verroit le jour, que fous la forme de la Tragédie.

Fayel, des bords du tombeau, écrit à fon frere. Son tempéramment, fon éducation, fon amour, les confeils qu'on lui donne, ce qu'il voit lui-même, les déchiremens de fon cœur, fes remords, fa fin ; que d'objets & de motifs pour le rendre fupportable, & peut-être pour le faire plaindre à fon tour !

J'ajoute qu'il fait des apoftrophes injurieu- fes au fexe enchanteur, que nous chériffons tous. Mais, jaloux par caractère, fe croyant deshonoré, furieux contre les hommes, les femmes, & lui-même, a-t'il dû parler autre- ment ?

LE COMTE DE FAYEL

Epoux de Gabrielle de Vergy,
à Fayel fon Frere :

EPITRE.

LE glaive de Fontal vient de percer mon flanc,
Et l'écrit que tu vois eft tracé de mon fang.
Celle que j'adorois me couvrit d'infamie ;
A fa mort fon parent vient m'arracher la vie : -
Fidèle à ton devoir, mon frere, arme ton bras ;
Venge l'amour, l'himen, ma honte, & mon trépas.
La guerre, en t'éloignant, te cacha mon outrage :
Lis, pleure, &, s'il fe peut, reffens toute ma rage.

O mon frere, dis-moi : les fermens folemnels,
Le lien de deux cœurs formé fur les Autels,
De la fociété ces appuis néceffaires,
Sont-ils donc à nos yeux devenus des chimeres ?
Et la fidélité, la décence, l'honneur,
Ne font-ils plus commis par un fexe trompeur ?
De vos maîtres foumis compagnes trop chéries,
Agréables tyrans, féduifantes furies,
Objets de nos defirs, fources de tous nos maux,
Vous êtes à la fois nos Dieux & nos fléaux.
Fayel, tu me connois. Mon bouillant caractère

Contre moi, dès l'enfance, arma le cœur d'un pere.
Rigide par orgueil, il voulut réprimer
De violens transports, qu'il auroit dû calmer.
Contraignant ma fureur, rongé par la souffrance,
Je détestai le monde, & ma propre existance,
Les crimes des humains m'ont trop justifié !
Ne connoissant encor l'amour, ni l'amitié,
Enfin pour m'arracher à ma peine cruelle,
Sur moi-même j'allois... Mais je vis Gabrielle.....
Je la vis : que d'appas ! quel soudain changement !
Souvenir enchanteur !... Et qui fait mon tourment !...
Je la vis ; & mon ame étonnée, attendrie,
Sentit en un instant tout le prix de la vie.
J'oubliai mes fureurs ; ou plutôt, dès ce jour
Je ne ressentis plus que celle de l'amour.

Le printems ranimoit & paroît la nature.
Mille naissantes fleurs couronnoient la verdure.
Leurs parfums lentement s'élevoient dans les airs.
Les oiseaux empressés y mêloient leurs concerts.
L'astre éclatant du jour, pour prix de cet hommage,
Rendoit à l'Univers des rayons sans nuage :
Et tout Etre sensible, à ces feux enflamé,
Cédoit au doux besoin d'aimer, & d'être aimé.
La jeune Gabrielle, entrainant ses compagnes,
Alors d'un pas léger, parcouroit nos campagnes :
Quelle brillante cour ! que de graces ! quels traits !
Ah ! combien Gabrielle effaçoit tant d'attraits !
Je veux, par quelques mots... Mais mon ame hautaine
Tressaillit, & trembla devant sa souveraine :

Ma bouche à son aspect ne put que bégayer
Le tendre nom d'amour, qui sembla l'effrayer.
Qu'à ce sexe enchanteur la feinte est naturelle !
Déja, dans les transports d'une ardeur immortelle,
Son cœur étoit en proie à l'odieux rival
Dont le bonheur devoit m'être enfin si fatal.
J'ignorois leur penchant. Trompé par l'apparence,
Entraîné par l'amour, séduit par l'espérance,
Dans les fers de Vergy brûlant de m'engager,
Aux gouffres des Enfers je courois me plonger.

Richesse, desirée, & souvent importune,
Biens, moins doux qu'enviés, présens que la fortune
Nous fait, pour nous corrompre, & nous tirannifer;
Trop utiles métaux que l'on doit méprifer;
Et vous rang, dignités, éclatantes chimères,
Idoles des humains, que je tins de mes pères,
Vous pouviez de Vergy séduire les parens;
Que vous devintes chers à mes desirs ardens !

Je parlai, je pressai, ma passion cruelle
Vingt fois me fit tomber aux pieds de Gabrielle.
Je baignai de mes pleurs la trace de ses pas;
J'offrois ma main, mon sang à ses traîtres appas ;
Priere, emportemens, soumissions, caresses,
Tout fut vain; de refus on paya mes bassesses:
On détournoit les yeux... ces yeux encor si beaux !...
Chaque jour augmentoient mon amour & mes maux.
Cher Fayel, c'étoit peu : l'instant fatal arrive;
Du bonheur de douter pour jamais on me prive.

Quel tourment pour mon cœur brulant & déchiré !
J'apprends que de Vergy Raoul eft adoré.
O mon frere, quel fort ! quelle douleur extrême !
Cet amour de Vergy, je l'apprends d'elle-même.
Ah ! juge de ma rage & de mes noirs tranfports !
Ma main à mon rival prépare mille morts.
Ou je veux, fuccombant fous fon bras que j'abhorre ;
Voir s'éteindre avec moi l'horreur qui me dévore.

Mais Raoul difparoît par la guerte entraîné.
Tout change ; par l'himen je ferai couronné.
Des parens de Vergy la promeffe eft formelle :
Et, foit qu'on ait contraint, ou féduit Gabrielle,
Son ame à mes deffeins ceffe de réfifter.
Au plus flateur efpoir je me laiffe emporter.
» J'oublierai tout, lui dis-je ; oubliez ma colère.
» Oubliez le mortel, qui fçavoit trop vous plaire.
» Satisfaites celui qui vous donna le jour.
» Ou plutôt, ne fongez qu'à mon fidèle amour.
» Vergy, reçois les vœux d'une ame trop fenfible.
» Par grace par pitié, ne fois plus infléxible.
» Aux pieds de l'Eternel viens recevoir ma foi.
» Sois enfin mon époufe, & viens regner fur moi ;
» Viens être de Fayel la compagne facrée,
» La refpectable amie, & l'amante adorée :
» Par le plaifir encor je charmerai tes fens,
» Je ferai ton bonheur ; je l'efpere, & le fens.

Quelle joie ! à mon fort Gabrielle eft unie.
Au monde entier pour moi l'Eternel l'a ravie.

Dieu même l'autorise à combler mes defirs.
La nature & le Ciel confacrant nos plaifirs,
Confondent faintement nos ardeurs mutuelles.
La décence & l'honneur nous couvrent de leurs ailes,
Le devoir dans nos bras conduit la volupté,
Et nous unit au fein de la félicité.
Sous les jafmins d'Eden, tel notre premier pere...
Reffouvenir trop doux !... & qui me défefpere !...
Raviffante beauté, que para la vertu,
Pourquoi m'avoir féduit ! ou pourquoi changeois-tu ?

Raoul étoit abfent. Mais, Fayel, l'art d'écrire
Sçait fi bien réunir les cœurs qu'amour infpire !...
Mon époufe, rebelle à mes empreffemens,
Ofe fe dérober à mes embraffemens :
Pour elle nos liens font de pefantes chaînes,
Mes maux font des douceurs, mes plaifirs font des
        peines.
Gabrielle me fuit. L'image d'un amant
L'obféde, fait fa joie, & double mon tourment,
J'en pleure ; je frémis. Mes reproches, ma rage
Perfécutent envain l'époufe qui m'outrage.
Tu connus, cher Fayel, mon fidèle Ecuyer :
Je crus à Gondebaut devoir tout confier.
Il apprit mes douleurs, fervit ma jaloufie,
Epia mon époufe, excita ma furie.
Ses foins récompenfés éclairerent mon cœur :
De mes deftins fon zèle accrut encor l'horreur.
» Raoul eft de retour, me dit-il, & fa flamme
» Vient fouiller votre couche, & ravir votre femme :

» Ils doivent en secret... Que dis-tu ? Quels complots !

» Cher & cruel ami, vole, comble mes maux ;

» Conduis-moi, montre-moi Gabrielle coupable.

» Je l'ai persécutée, & le remords m'accable :

» Je veux par son forfait me voir justifié.

» Je veux, avec plaisir, sans regret, sans pitié,

» Sur le sein du mortel, qui séduisit son ame,

» Eteindre dans son sang mon opprobre, & leur
    flamme.

On me guide, on me suit vers un appartement

Où ma femme, dit-on, entretient son amant :

On ouvre ; que d'horreurs ! aux pieds de Gabrielle

Raoul reçoit un don des mains de l'infidèle. (a)

Il ose d'un baiser... Ciel ! pourquoi mon courroux,

En aveuglant mes yeux ; égara-t'il mes coups !

Je ne pus me noyer au sang de ces perfides.

Ils furent arrachés à mes mains parricides.

Mon heureux rival fuit, & mon épouse en pleurs,

A mes pieds gémissante, y brave mes fureurs.

Je combats vainement ma pitié, qu'elle implore.

Armé, prêt à frapper, je sens que je l'adore.

J'hésite, je soupire ; & mon cœur éperdu

Pousse & retient mon bras, tremblant & suspendu...

» Non, tu ne mourras point, objet cher & barbare,

» Non tu vivras, lui dis-je ; & ma main, qui s'égare,

» Quand tu me fais sentir tous les maux des Enfers,

» Ne se plongera point dans tes flancs entr'ouverts.

─────────────────────────────

(a) On sçait que Gabrielle eut la foiblesse de donner à
Raoul une tresse de ses cheveux.

» Mais, dans un noir cachot conduite & refferrée,
» Des vivans & des morts tu vivras féparée...
Elle veut répliquer. De zèle tranfporté
Gondebaut va remplir l'arrêt que j'ai dicté.
Loin du jour dans les fers Gabrielle entraînée...
Quel fpectacle !... il glaça mon ame confternée.
Sans être criminel auroit-on des remords ?
Moi-même, je voulus réprimer mes tranfports.
J'abhorrai ma fureur : je plaignis Gabrielle.
Les maux qu'elle fouffroit je les fentois plus qu'elle;
Et peut-être j'allois, tombant à fes genoux...
Mais la perfide ofa me nommer fon époux !...
Ce feul mot me rendit ma cruauté, ma rage.
Mon cœur ne fentit plus que fon indigne outrage.
Et, tandis qu'elle éprouve un trop doux châtiment,
Je fuis, pour m'abreuver du fang de fon amant.
Raoul étoit parti. L'Europe réunie
Sous l'étendart du Chrift l'entraine vers l'Afie :
L'homme préfomptueux, vil, foible, criminel,
Va défendre le fort, le jufte, l'Eternel.
Je veux fuivre Raoul ; mais, pour punir fon crime,
Je crains de perdre ici ma premiere victime :
J'héfite, je demeure ; & mon fort rigoureux
Au fein de la vengeance en devient plus affreux :
Elle excite mon cœur, le charme, & le dévore.
La guerre & les deftins me fecondent encore :
Mon rival eft frappé... Mais, des bords du tombeau,
Le perfide me fait un outrage nouveau...

Hier, mon frere, hier, ô fatale journée !

O victime, coupable autant qu'infortunée !...
Des nuages fanglans répandus dans les airs
Attriftoient la nature & voiloient l'Univers.
Le foleil, à regret, inclinoit vers la terre
 Quelques rayons, perdus dans les feux du Tonnerre.
Aux éclats de la foudre, au fiflement des vents
Les échos répondoient, par des mugiffemens.
Plein de trouble, d'ennuis, & flétri par ma peine,
Je cherchois un abri dans la forêt prochaine :
Un voyageur paroît ; il fuit, c'eft Baudilier :
C'eft de mon ennemi l'imprudent Ecuyer.
Je l'appelle, & le fuis ; je l'attaque, il expire ;
Et je vois dans fon fein... Ciel ! je tremble à l'écrire !

Le trépas de Raoul eut dû finir mes maux.
Mais Raoul, de fon flanc arracha des lambeaux
Pour en faire à ma femme un don cher & terrible.
De fon bonheur paffé ce témoignage horrible,
Ce gage que je vois, eft fon cœur palpitant.
Il a fouillé ma main, qui le touche en tremblant.

» Oui, ce préfent t'eft dû, mes mains vont te le
        rendre,
» Oui, m'écriai-je, un cœur fi fidèle & fi tendre
» Ne fut fait que pour toi. Ton époux dans ce jour,
» En l'uniffant au tien, veut fervir votre amour...
O mon frere, à ces mots... Conçois-tu ma Vengeance ?
Elle doit, s'il fe peut, égaler leur offenfe...
A ma femme le feu déguife mon deffein ;
Les reftes de Raoul ont paffé dans fon fein.

D'abord l'art a trompé les sens de Gabrielle :
Mais je lui fais connoître un mets si digne d'elle....

Quels cris ! quelles douleurs ! que de gémissemens !
Elle tombe ; & son œil verse des pleurs sanglans
Sa pâleur... Quel spectacle ! ah ! peut-il se décrire !
Mon cœur trop satisfait, s'émeut & se déchire.
Vengeur à juste titre, innocemment cruel,
Je me sens à la fois barbare, & criminel.
Je maudis ma rigueur, & ma fureur jalouse ;
Je pleure, je frémis... j'embrasse mon épouse...
Gabrielle renaît, mais pour me défier,
Pour oser m'accuser, & se justifier ;
Elle ne veut plus voir un époux, quelle brave.
Elle repousse au loin son maître & son esclave...
A de pareils revers, inattendus, nouveaux,
Mon frere, quel soupçons irrite encor mes maux !
J'écoute, en frissonnant, ces mots de Gabrielle :
» Ton épouse fut foible, & non pas infidèle ;
» Respecte ma vertu que tu ne connois pas.
» Et gémis d'un forfait... Elle meurt dans mes bras.

O Fayel, quels accens ! quelle image effroyable !
Qu'ai-je fait ? Suis-je hélas ! malheureux & coupable !
Pour me rendre l'auteur d'un forfait abhorré,
Mes yeux & mon amour m'auroient-ils égaré ?
Je ne sçais ; mais hier, au sein de tant d'alarmes,
Gondebaut s'éloignoit, en dérobant des larmes...
Il nourrit mes fureurs, il en fut l'instrument...
O mon frere, conçois ma crainte & mon tourment.

P

Peut-être que ma femme , à regret combattue ,
Par la religion , par l'honneur retenue...
Non non ; fa bouche même avoua fon ardeur :
Sa vie étoit ma 'honte , & fa mort mon bonheur.
Son jufte châtiment effrayra fes femblables :
Et fa poftérité verra moins de coupables...

Agité par mon trouble , & par ces fentimens ,
Vainement au fommeil je provoquois mes fens ,
J'appellois Gondebaut , qui ceffoit de paroître ;
Je pleurois , je mourois , je maudiffois mon Etre ;
Quand un cartel m'entraîne à des malheurs nouveaux.
Fontal , de fa parente a connu tous les maux :
Il prétend la venger. L'aurore naît ; je vole ;
Et je réfifte envain à fon fer , qui m'immole.
De la pitié de l'Art je reçois des fecours ;
Et je vois , à regret , qu'on veut fauver mes jours...

Mais... Fayel , quelle horreur qui ne peut fe com-
    prendre !
A l'inftant un billet... Ah ! frémis de l'apprendre...
Le Monftre !... Gondebaut s'éxilant de ces lieux ,
S'accufe , fe répent , & défille mes yeux.
Il a , par intérêt , & par condefcendance ,
Fomenté mes foupçons , & hâté ma vengeance.
Il écrit que ma femme a toujours combattu
Un penchant trop flatteur , profcrit par fa vertu.
S'abhorrant , mais trop tard , il dit que Gabrielle
Fut , malgré mes foupçons , eftimable & fidèle...
    Au crime le plus noir , je me fuis donc livré !

Les charmes, la vertu d'un objet adoré,

N'ont donc pû le souftraire à ma main parricide?..

Soleil, éclipfe toi devant un autre Atride.

Que dis je ! ces tyrans, que j'imite, & je hais,

Moins barbares que moi, puniffoient des forfaits...

Et je refpire encore ! & pour prix de mes crimes,

Les Enfers fous mes pas n'ouvrent point leurs abimes!..

Gabrielle !.. ô remords inutile, & rongeur,

Agis, purge la terre, anéantis mon cœur...

Mon frere, garde-toi de venger un coupable,

Qui rend à vos neveux notre nom exécrable.

Injufte, furieux, opreffeur, affaffin...

Ah ! Fontal m'a fait grace en me perçant le fein...

Las de fouiller le jour, qui pour moi va s'éteindre,

Je n'ofe demander que du daignes me plaindre.

Fais taire dans ton cœur le fang & l'amitié.

Mon fort doit t'infpirer l'horreur, non la pitié..

Si pourtant mes remords ... Efpoir illégitime !

Ta haine doit me fuivre & venger ma victime.

Gabrielle !.. une écharpe entoure encor mon flanc ;

Je la déchire, accours dans les flots de mon fang ;

Accours ; &, m'entrainant fur le rivage fombre,

Unie avec Raoul, viens tourmenter mon ombre.

F I N.

APPROBATION.

J'AI lu par ordre de Monseigneur le Chancelier, un Manuscrit intitulé : *Lettres aux Gascons, sur leurs qualités, leurs défauts, leurs ridicules, leurs plaisirs, comparés avec ceux des Habitans de la Capitale* ; & n'y ai rien trouvé qui puisse en empêcher l'impression ; à Toulouse, ce 4 Juillet 1770.

JEZE *Censeur Royal.*

PRIVILÉGE DU ROI.

LOUIS, PAR LA GRACE DE DIEU, ROI DE FRANCE ET DE NAVARRE : à nos amés & féaux Conseillers, les Gens tenans nos Cours de Parlement, Maîtres des Requêtes ordinaires de notre Hôtel, Grand-Conseil, Prévôt de Paris, Baillifs, Sénéchaux, leurs Lieutenans Civils, & autres nos Justiciers qu'il appartiendra. SALUT : Nos amés les Sieurs DUPLEIX & LAPORTE Libraires à Toulouse, Nous ont fait exposer qu'ils desireroient faire imprimer & donner au Public un ouvrage intitulé : *Lettres aux Gascons sur leurs bonnes qualités, leurs défauts, leurs ridicules, &c. comparés avec ceux des Habitans de la Capitale* : & *les Héroïdes de Gabrielle de Vergy & Fayel*, Par M. MAILHOL. S'il nous plaisoit leur accorder nos Lettres de Permission pour ce nécessaires. A CES CAUSES, voulant favorablement traiter les Exposants, Nous leur avons permis & permettons par ces Présentes, de faire imprimer ledit Ouvrage autant de fois que bon leur sem-

blera, & de le faire vendre & débiter par tout
notre Royaume pendant le tems de trois années
confécutives, à compter du jour de la date des
Préfentes. Faisons défenfes à tous Imprimeurs,
Libraires, & autres perfonnes, de quelque qualité & condition qu'elles foient, d'en introduire
d'impreffion étrangere dans aucun lieu de notre
obéiffance. A la charge que ces Préfentes feront
enregiftrées tout au long fur le regiftre de la
Communauté des Imprimeurs, Libraires de Paris,
dans trois mois de la date d'icelles, que l'impreffion dudit Ouvrage fera faite dans notre Royaume,
& non ailleurs, en bon papier & beaux carac-
tères ; que l'Impétrant fe conformera en tout aux
Réglemens de la Librairie, & notamment à celui
du 10 Avril 1725, à peine de déchéance de la préfente Permiffion ; qu'avant de l'expofer en vente,
le Manufcrit qui aura fervi de copie à l'impreffion
dudit Ouvrage, fera remis dans le même état où
l'Approbation y aura été donnée, ès mains de
notre très-cher & féal Chevalier, Chancelier
Garde des Sceaux de France, le Sieur de Maupeou ; qu'il en fera enfuite remis deux Exem-
plaires dans notre Bibliotheque publique, un dans
celle de notre Château du Louvre, & un dans
celle dudit Sieur de Maupeou ; le tout à peine
de nullité des Préfentes. Du contenu defquelles
vous Mandons & enjoignons de faire jouir lefdits
Expofans & fes ayans caufes, pleinement & pai-
fiblement, fans fouffrir qu'il leur foit fait aucun
trouble ou empêchement. Voulons qu'à la copie
des Préfentes, qui fera imprimée tout au long
au commencement ou à la fin dudit Ouvrage,
foi foit ajoutée comme à l'original. Commandons
au premier notre Huiffier ou Sergent fur ce requis,
de faire pour l'exécution d'icelles tous actes requis & néceffaires, fans demander autre permiffion ; & nonobftant clameur de haro, charte nor-

mande , & lettres à ce contraires ; Car tel est
notre plaisir. DONNÉ à Compiegne le huitiéme
jour du mois d'Août l'an mil sept cent soixante-
dix & de notre regne le cinquante cinquieme.

PAR LE ROI EN SON CONSEIL.

LE BEGUE.